사유악부 산문선 01

페이스트리

신영인 산문

PASTRY

페이스트리

이제
당신의 이야기를
들려주세요

Pastry

사유악부

불 꺼진
주방에서

불 꺼진 주방은 막 펼친 백지 같다. 밀가루 범벅 속에 종일 소란스럽던 그곳은 이제 티끌 하나 없다. 지난 열기와 소음들이 허구였다는 듯, 어둠 속의 조리대는 비워진 뒤에야 나를 호명한다. 저만한 크기의 책상조차 가져본 적 없는 나에게 울리는 소리, 자! 이곳은 너의 땅이다. 무엇을 빚을 텐가?! 그 호령에 발은 속절없이 묶인다.

모두가 떠난 주방에서 몰래 새로운 빵을 연습하거나 글을 써 내려갈 때마다 나는 유대인 작가 프레드릭 모턴을 떠올렸다. 나치를 피해 제빵사로 숨어지내던 그가 감당해야 했을 두려움을 느끼면서, 서늘하도록 적막한 주방에서 홀로 빵을 빚었다. 잘못된 선택으로 돈과 집마저 모두 잃고 병들었을 때 다시 살아보자고 선 이곳에서 빵은 나를 먹였고 살렸다. 반죽을 오븐에 넣고 한숨 돌릴 때나 숙성을 기다리다 짬이 나면 책을 읽었다. 그곳에서만 허락된 한정된 자유에 숨을 쉬며 제빵의 정교함에 기대어 산 시간, 밀가루 반죽이 늘어 붙은 책들에 나는 40대의 목숨을 빚졌다.

살아가는 나날이 그러하듯 빵은 잘 구워지는 날도 있었고 번번이 실패하는 날도 있었다. 타이밍을 몇 초만 놓쳐도 부풀지 않는 케이크 반죽은 자책할 틈을 잠시도 허용하지 않았고 페이스트리는 시간을 차곡차곡 접어 세상으로부터 나를 온전히 분리하는 인내를 가르쳐 주었다. 정성을 많이 들인다고 좋은 빵이 구워지는 것은 아니었으나 모든 날이 치유였고 작은 이룸이었다.

한 제빵사의 글을 읽으며 그가 실패한 무수한 빵들을 생각한다. 몰래 버리거나 먹어 치웠을 습작을. 오늘 나는 1940년에 모턴이 구운 빵을 맛볼 수 없다. 빵이란 것의 물성이 그러하므로. 그러나 모턴의 문장을 만나는 지금에서야 비로소 100여 년 전에 그가 구웠을 빵의 맛을 가늠해 보는 것이다. 머나먼 시공에 잠시 존재했던 물성을 문장이 이어주고 있다. 그 보이지 않는 끈으로, 폭삭 주저앉은 케이크가 풍기던 고소한 빵 내음이, 나를 통과한 향기로운 허기가 당신에게도 전해질까? 이러한 물음으로 나의 주방에서도 기어이 글이 빚어졌다. 어두운 주방에서 사랑 이야기를 쓴 모턴처럼.

이제 빵틀에서 이 책을 꺼낸다. 오븐에 넣었던 나를 세상에 내어놓는다. 책이 나오기까지 응원을 멈추지 않았던 사랑하는 딸 샘과 영원한 내 편 준희 씨에게 끝없는 마음을 전한다. 또한 엄청난 인내심으로 서툰 빵을 함께 맛보아 주신 도서출판 〈사유악부〉의 편집장님, 성윤석 선생님께 깊은 감사의 마음을 전한다. 그분이 아니었다면 어찌 이 책이 완성될 수 있었을까. 언제나 그 자리에서 있는 그대로의 나를 안아준 소중한 가족과 벗들에게 사랑을 전한다. 앞으로 내가 빚는 모든 빵은 이들의 몫이다.

어쩌면 이 책은 주방 뒤에서 몰래 먹는 실패한 빵들을 모아놓은 것일지 모른다. 그러나 긴 숙성의 향기만은 당신에게 닿기를, 그늘지고 허기진 곳에 따뜻하게 머무르기를. 오래 기다려 온 당신에게로, 결국 웃게 될 당신의 가까운 미래로.

2024. 신 영 인

saem
나의 사랑스러운 무당벌레에게

2부

당신을 서랍 속에 재웠더라면

3부

그런데 당신, 내가 구운 편지를
먹어봤나요?

4부

공전하는 것은 결국 돌아오니까

1부

붉은
담장을
넘어

다
비

의자가 없는 주방에서 빵의
날 재료를 모두 비운 상자를 깔고 앉아 쓴다. 오븐은 돌
아가고... 흙 부엌 아궁이 앞에 먼 얼굴로 앉아 지난날을
하나씩 태우던 할머니처럼.

나는 불 앞에 앉아 하이힐을 하나씩 불 속에 던졌
다. 5cm, 7cm, 나는 자꾸 높아지고 싶었지. 높이는 무
너지듯 불타고 오븐은 뜨겁다. 예쁘고 무거운 가죽가방
을 질질 끌고 와 쑤셔 넣는다. 산 동물의 피부는 더 부드
럽다는 말이 그제야 생각나서, 내가 어깨에 멘 것은 순한
동물의 비명이어서, 비었을 때조차 살을 짓누르도록 무
거웠다는 사실이 이제야 생각나서 나는 가방을 불 속에

넣으며 내 부드러운 살을 불에 대어 보기도 했지. 오븐은 내 살 위에서 더 뜨겁다. 그러고 보니 빵을 만들기 시작하면서 빼어버린 반지가 이젠 다시 들어가지 않는다. 굵어진 손마디가 반지를 거부한다. 반지가 불타면 반지에 새긴 약속들은 어떻게 되는 걸까. 약속을 불에 녹이는 연금술도 있을까. 알려면 해봐야 한다. 온도를 더 올려야 했기에 두꺼운 책들을 찢기 시작했다. 어려운 철학책일수록 불이 잘 붙으니 활활 훨훨 훠이 훠이 니체 선생, 맹자 선생 편히 쉬시오. 오븐은 다투듯 뜨겁다. 저렇게 뜨거운 운동장에 키가 1미터 조금 넘는 작은 아이가 서 있었다. 전교생이 줄을 맞추어 벌을 받을 때 화장실 가겠다는 한마디가 어려워서 오줌을 싼 아이, 타닥타닥 소리를 내며 불타는 운동장 한가운데 그 아이 주변만 밤처럼 젖었다. 운동장 네 모퉁이를 접어 그 오랜 비밀과 까만 부끄러움을 약 첩지 싸듯이 감싸 넣는다. 미안해. 젖은 기억은 잘 타지 않아요. 기저귀처럼, 썩는 데에도 오래 걸린다지만 오븐은 뜨겁다. 탈피한 제 껍질을 깔고 앉아 글을 쓰는 이는 누구일까. 이젠 깔고 앉은 상자마저 태워야 한다. 그래야 끝이다. 그래야 시작이다.

붉은 담장

　　　　　　　　문장은 늘 칸 밖에 있었다.
생각하며 원고지를 뒤집는다. 칸이 있는 종이를 뒤집어
칸 밖에 편지를 쓰는 것은 체온을 재려고 손목에 입술을
대어 보는 나의 오랜 습관과 한 길에 있다. 편지는 늘 내
게서 출발하는 것이어서, 당신의 손목과 내 입술 사이의
온도 차로만 흘렀다. 섭씨로 규정되지 않는 감각의 일,
길은 없고 걸음만 있는 것, 악보는 없고 울림만 있는 것,
사람은 없고 당신의 그림자만 있는 것. 이윽고 그 그림자
만 움직이며 서고 걷고 뛰는 것. 편지는 가장 가까운 문
장이면서 언제나 문장 밖의 것이었다.

열세 살 때 문구점에서 처음 원고지를 샀다. 붉은 줄이 횡단보도처럼 칸칸이 새겨진 한 묶음의 종이가 다만 아름다워서 집어 들었을 때 나무 냄새와 환한 바람 한 줄기가 내게 왔다. 오랫동안 나는 그 아름다운 규격을 서랍 속에 갖고만 있었다. 문을 열면 가지런한 붉은 칸이 가득 있었으나 내게는 칸 안에 쓸 수 없는 말이 많았다. 세상의 아름다움 밖에 사는 곁가지들을 붙들고 나는 붉은 선 가장자리에서 움찔거리다 첫 장을 뒤집었다. 무단 횡단! 길을 뒤집고 정해진 칸을 글자로 밟아 넘는 일은 일탈이었을까. 결국 칸을 단 하나도 채우지 않은 채 뒷장에 빼곡히 쓴 편지로만 한 권의 원고지를 다 쓰고 말았다.

나는 아직도 원고지를 뒤집어 편지를 쓴다. 담을 넘던 열세 살의 아이는 보내지 못할 편지들을 쓰다가 아직도 칸 밖에 산다. 어느 날엔 붉은 담장을 넘다 올려놓은 유리를 깨뜨리기도 하였지. 와장창 소리가 천둥 친 날에는 밤새 칸 밖을 서성여도 문장에서 유릿가루가 빛났다.

편지

1

        세상의 일들은 배워서 아는 것이 있고 배우지 않아도 알게 되는 것이 있다죠. 손톱만 한 문어가 주변 무생물의 모양과 색을 갖는 것처럼, 고양이가 병아리든 강아지든 가리지 않고 핏덩이를 품는 것처럼요. 언젠가 삼켜서 영영 품고 살게 된 유리병이 내게도 있어 안에서만 흔들리는 소리가 있습니다. 나는 한때 그것이 미워져 모른 척하였다가 깨보려고 몸이 다 상하도록 절벽에 나를 던져보기도 하였습니다. 하지만 절대 깨지지 않는 그 병 속에는 반짝이는 은색 실이 들어있다고 당신은 말하네요. 봐요! 저 빛을. 실을 뜹시다. 가만히 보니 그것은 어느 아침 처음 발견한 새치 한 올, 안에

서 길어 올린 나의 빛이었습니다. 한 올을 뽑으면 두 올
이 솟는 빛이었습니다.

밴드

할머니는 손등의 피부가 라이스페이퍼 같았다. 아주 어릴 때부터 그게 뭔지도 모른 채 목욕하고 나온 가느다란 몸에 연고를 발라 드렸다. 붉은 곳에 하나하나 손길을 대고 있자면 어깨 너머로 늘 같은 말씀을 하셨다. 건선이야. 옮지는 않아. 당신 손이 닿는 곳으로 내 손이 가까이 가면 얇고 따스한 손바닥이 내 손등을 쓰다듬었다.

함께 살아온 수십 년, 당신의 몸에는 상처가 자주 났다. 파스를 붙이고 떼고 약을 바르는 일들이 때론 얼마나 귀찮았는지. 겨우 파스 하나 붙이면서 뱉었던 한숨 소리는 얼마나 컸는지. 철없이 뱉어진 그 모진 소리가 당신의 귓전에서 튕겨 나왔기를 얼마나 바랐는지. 라이스페이퍼처럼 당신은 언제나 속이 맑게 보이는 사랑을 주고 나는 사랑한다는 말이 어려워서 당신을 얇게 만드는 스테로이드를 매일 발라 주었다.

사람의 가장 깊은 곳은 피부다,[∞] 라고, 말한 시인에게도 그런 사람이 있었을지 모르겠다. 내게 깊고 조용한 사랑을 가르쳐준 사람. 내가 당신과 나눈 것은 서로의 피부를 만진 시간, 그것뿐이었다.

얇고 가벼워진 할머니를 여럿이 들어야 했던 날, 그 모질게 추운 1월의 화장터에서 나는 하필 당신이 밴드를 새로 붙여달라던 어느 날을 떠올렸다. 오래된 밴드 테두리에 검정 먼지들이 묻어 있었다. 이게 언제 붙인 밴드예요? 무표정으로 잔소리까지 얹어 밴드를 떼는데 손길이 거칠었는지 그만 피부가 같이 벗겨지고 말았다. 밴드에 살이 묻어났다는 것이 맞을 것이다. 밴드보다 살이 얇아서 다시 덮지도 떼지도 못하고 어쩔 줄 모르는 내게 당신은 따뜻하게 웃어 보였다. 괜찮아? 괜찮아. 미안해. 미안

∞ 폴 발레리

해…. 붙어 나오는 똑같은 말처럼, 오래 그렇게 당신 살에
붙이고 있는 내 손을 당신 손이 밴드처럼 다시 덮었다.

당귀

當歸

한국을 떠난다는 녀석을 먹이려고 삼계탕을 끓이고 있다. 당귀, 삼, 대추, 황기, 구기자를 넣고 국물이 뽀얗게 우러나기를 기다리면서 주머니에다 잔소리랑 얇은 봉투를 욱여넣었다. 야. 이놈아, 건강히 돌아와! 안 그럼 누나한테 혼난다!

진탁이는 두 살 터울 남동생의 대학 친구다. 무슨 넉살인지 친구 누나네 집을 제 집처럼 드나들면서 뻔뻔하게 밥도 잘 얻어먹었다. 그것도 신혼집을!! 깡마른 데다 키만 커서는 누나 밥 좀 주세요. 술 먹었어요. 누나, 재워줘요. 누나. 하는데 내쫓을 재간이 없다. 잘 안되는 날에는 매형을 찾는다. 강아지같이 머쓱한 얼굴로 돌아

25

갈 땐 진탁이가 아니라 이름을 진상으로 바꾸는 게 낫겠다고 새집 진 뒤통수에다 한 바가지를 얹어 내보냈다.

처음 진탁이가 찾아왔을 때 그 아이의 이야기를 동생에게 어렴풋이 들었다. 한의사인 아버지가 재가하면서 모든 재산이 새엄마의 명의가 되고 학비며 생활비가 일절 끊어졌다고 했다. 그 아이는 온갖 아르바이트를 전전하면서 제 학비를 대고 여동생을 간호대학에 보냈다. 광대뼈가 다 드러나도록 살이 내리는데도 낮이고 밤이고 공부하고 일하고 공부하고 일하고 아무 데서나 잤다. 눈이 퀭해서 우리 집에 찾아오면 괜히 속상해서 밥은 먹었냐? 어디서 잤냐? 하고 잔소리부터 나왔다. 그런 녀석이 졸업하자마자 태국에 간다고 찾아온 거다. 누나 허락도 없이. 그동안 밀린 밥값, 숙박비 내고 가라고 괜히 호통 한 번 치고는 돌아서서 삼계탕을 불에 올렸다. 뽀얗게 당귀 향이 퍼지는 냄비 뚜껑을 만지작거리면서 바라는 것이다. 어디서든 잘 살기를, 그래도 언젠가 한 번쯤은 와서 밥 좀 달라고 칭얼대기를.

묻지 않아도 동생이 가끔 진탁의 소식을 전해왔다. 국어국문학을 공부한 녀석은 태국에서 한국어 선생님이

되었다. 거기서도 진상답게 궁둥이 붙일 곳을 잘 찾았는
지 제 걱정은 아예 말라며 전화기 건너로 너스레를 떨었
다. 몇 해가 지나 참한 태국 아가씨를 아내로 맞이했다고
전화가 오고, 아이를 하나, 둘, 셋 낳았다고 눈이 얼마나
예쁜지 모른다고 전화가 왔다.

마땅히 돌아오라, 는 이름을 가진 풀이 있다. 당귀當歸.
한의에서 당귀는 몸의 기혈을 되돌려주는 따뜻한 약재이
다. 옛사람들은 멀리 떠나는 이의 짐 속에 당귀를 넣어주
었다고 한다. 그것이 피치 못 할 길이었다면 당귀는 보내
는 이의 간절함이었을 게다. 나는 당귀를 매만질 때마다
말로 차마 전하지 못한 마음을 풀뿌리에 담아 넣던 손길
을 생각한다.

君須細嚼更思名
'그대 부디 잘게 씹으며 다시 그 이름을 생각하오.'

낯선 곳, 차고 휑한 방에 짐을 풀다가 당귀를 발견
한 이의 마음은 어떠했을까. 한낱 풀뿌리를, 그러나 어떤
편지보다 따뜻하게 우러났을 풀뿌리를 손에 쥐고.

올해 1월, 오랫동안 연락이 없던 진탁이가 혼자 돌아왔다는 소식을 동생에게 들었다. 급성 백혈병을 치료하러 왔다고 한다. 골수이식에 성공하면 누나네 집에서 술 한잔하고 싶다고. 마흔이 훌쩍 넘고 세 아이의 아버지가 되고서도 농담이며 너스레는 예전과 변한 게 없었다. 진상 진탁이가 오면 삼계탕을 끓여 줘야지. 당귀를 넣고 달게 달게 끓여서 배가 부르도록 먹여야지.

그 녀석이 오고 나서 눈이 많이 내렸다. 눈 위에 또 눈이, 졸린 것처럼 이불처럼 자꾸만 덮었다. 태국에서는 보지 못했을 눈이 견딜 수 없이 쏟아지던 날 진탁이는 눈을 감았다. 세종의 화장장, 은하수 공원에는 별 무리를 뒤집어쓴 듯 눈이 쌓였다. 그곳에 눈이 별처럼 빛나는 아이 셋이 있었다. 처음 보는 눈을 만지며 얼어붙은 아버지의 땅에 자꾸자꾸 별을 떨구었다.

은
목
서

한 번도 만난 적 없는 이름을
갖고 있다. 나는 당신과 어긋남을 잇고 이으며 긴 기다림
을 가진 사람이다. 기다림을 가졌다는 건 침대 아래에 빈
상자를 넣어두었다는 것인데 그 상자엔 맡아본 적 없는 향
기가 접혀 있다. 그의 향기가 대단하다는 건 오래된 전설
이다. 그를 만나본 이들의 이야기가 입에서 입으로 이어졌
다. 누구든 한 번 만나면 향기에 취해 빠져버릴 거라는 말
을 들었지만 애써 피해 다녔다. 나는 아직 그를 본 적 없는
사람, 그러나 I know you. But we've never met. ∞ '나

∞ 영화 오블리비언

29

는 당신을 알아요. 그러나 우리는 만난 적이 없어요' 언젠가 꾸었던 꿈의 데자뷔인 듯 한 번도 만난 적 없는 향기를 나는 알고 있는 것만 같다. 때론 마음이 달아서 우연히 그와 스치는 상상을 하거나 뜻밖의 곳에서 독대하는 기대를 해보기도 하는데 그것이 상상이나 기대만으로 끝나기를 바라는 반반의 마음이 있다. 여인의 창가에서 아흔아홉 밤을 기다렸다가 백일째 되는 날 창이 열리기 직전에 의자를 들고 가버린 사람만이 가질 수 있는 향기. 나는 상자를 열지 않겠다고 결심한다.

10월이 되면 그가 온다는 동네를 생각한다. 10월엔 그곳에 가지 말아야지, 하고 다짐한다. 아아... 그건 10월의 쓸쓸함을 견디는 것보다 어려운 일이지만 긴 기다림을 지키기 위해 10월을 버텨본다. 그러니 10월이 어떻게 무한하기만 할까. 나무는 다시 떠난 사람의 향을 품고 있을 것이다. 샤넬 넘버 5, 향수의 모티브 향.

고등학생 시절에 펜팔을 했다. 학기 초 반장이 주선한 펜팔은 한두 통으로 대부분 끝났지만 내 편지는 그해 여름이 다 가도록 이어졌다. 내 상대는 늘 장문의 편지를 보내왔다. 여고생에게 그의 문장은 너무나 달았지. 내용도 그 종이들도 남아 있지 않지만, 편지를 읽을 때 교실 창문으로 불어오던 향기만은 그대로 기억한다. 그가 다닌다는 대학교의 방학이 거의 끝나갈 무렵 딱 한 문장이 적힌 편지가 도착했다. 그 문장은 여러 날 동안 나를 슬프게 했다. 그의 창문이 곧 열릴 것이었으므로. 향기롭던 그 창 아래에서 의자를 치워야 할 때가 오고 있었다. 그의 창가를 떠나는 걸음은 단 한 문장이면 되었다. 그렇게 버렸던 어느 10월의 기억. 한 번도 만난 적 없는 이름이 든 상자 위에서 시그널처럼 반짝이는 글자를 만져본다. I know you. But we've never met. 그 안에는 여전히 10월의 은목서 향기가 접혀 있다.

휴일

             딸이 읽어주는 '세계의 탈'을 듣다 의자에서 잠이 들었다. 딸의 음성이 들렸다가 말았다가 까무룩 잠이 든 것이다. 나는 폭설이 내리는 숲속 집 안에 있다. 푹푹 꺼지는 눈밭을 밟으며 누군가 오고 있는 게 창으로 보였고 나는 문을 열었다. 사내였고 타인이었다. 탈을 쓰고 있었다. 타인이란 무엇일까. 펑펑 쏟아지는 폭설 속에 탈을 쓰고 있는 사내 같은 것이었을까. 두려움과 설렘이 어지러이 섞이는 순간 탈을 이마 위로 올리고 웃고 있는 사람이기를 바라고만 살았을까. 타인은 멀지만 가까이에 두고 싶은 사람. 엄마! 하는 어린 딸의 음성이 들려왔고 타인은 사라졌다. 다시 숲속의 눈. 홋카이도인가.
일본 어디쯤에서 잠이 들었는데 깨어보니 파푸아뉴기니
에 있었다.

　　잠든 사이 지구 반 바퀴.

페
이
스
트
리

           비극을 완성하려는 사람처
럼, 그는 볕에 한 번도 내보인 적 없는 창백한 시간을 접
고 쌓는 일을 어둠 속에서 하고 있다. 한겹 한겹이 독립
된 하나의 삶으로 일어서 자기 노래를 끝까지 부를 때까
지, 기다리면서 끝내는 부서지기 위해 매일을 결결이 쌓
는 일, 이 작업의 끝에서 그는 평생 차곡차곡 모은 LP 판
을 쌓아두고 거대한 해머로 단번에 내리치려는 것이다.
완전히 부서져야 마침내 완성되는 빵을 만들고 있다.

           페이스트리는 작업이 오래 걸리고 과정이 까다로운
빵이다. 직사각형으로 펼친 반죽 위에 같은 두께의 버터

를 넣어 접고 누르고 냉장 휴지했다가 다시 누르고 접고 차게 유지하는 일을 반복해서 백사십 장이 넘는 얇은 겹을 만들어 굽는 빵이다. 손이나 공기의 온기로 반죽의 온도가 올라가면 버터가 녹아서 아름다운 겹이 만들어지지 않으므로 모든 작업은 낮은 온도 속에서 진행된다. 반죽 사이에서 눌리고 펼쳐지는 버터는 각각의 겹이 붙지 않고 하나의 장으로 펼쳐지도록 분리하는 역할을 한다. 이러한 이유로 페이스트리 반죽이 오븐에서 구워질 때 얇은 결들은 서로를 밀어내며 홀로 일어선다. 차게 휴지한 반죽을 펼칠 때는 양옆에 같은 두께의 막대를 놓은 뒤 막대와 막대 사이에 반죽을 놓고 민다. 그러면 반죽은 밀리면서 일정한 두께를 유지하게 되는데 그 두께가 70편 정도의 시를 담은 시집과 비슷하다. 실제 144겹 반죽을 밀 때 앞치마에 꽂혀있던 김소연 〈눈물이라는 뼈〉, 문학과지성사 시집과 반죽의 두께가 같았다. 그러니 페이스트리를 만들 때는 반죽 옆에 막대 대신 두 권의 같은 시집을 놓아도 무방할 것이다. 그렇게 완성된 페이스트리에는 시집의 이름을 붙여보는 것이다. "어제는 〈이 時代의 사랑〉을, 오늘은 〈혼자 가는 먼 집〉을 구웠습니다."

페이스트리를 만드는 일은 글을 쓰는 일과 많이 닮았다. 세상으로부터 나를 분리해 낱낱이 펼쳐 세웠다가 다시 세상에 던지는 일이다. 오래 걸리고 춥고 지독히 외롭다, 한 편의 시로는 시의 집이 만들어질 수 없는 일이 빵에도 있어서 144장의 모든 담벼락에 시가 적힐 때까지는 기다려야 한다. 이렇게 지독히도 지난한 일을 괴로워하면서도 멈추지 못하는 이유는 뭘까. 같은 시간과 공을 들여도 결과가 같을 수는 없는 일을, 그럼에도 견딜 수 없는 갈망으로 주방에서 책상에서 하는 사람들. 그들은 긴 어둠으로 빚은 이 시간을 완전히 부숴줄 타인을 기다린다.

한 사람이 쌓은 페이스트리는 부서져야 비로소 세상에 읽히는 것. 접히고 눌리고 차가운 어둠 속에서 자기가 자기를 견디다가 가슴에 144겹의 이야기를 품을 즈음 되었을 때, 그는 햇살 아래 앉아만 있어도 향기롭지만, 세상이여, 부디 보고만 있지 말기를. 그 빛과 어둠의 겹들을 잘게 잘게 부수어 주기를.

타원 ellipse

언젠가 알을 보면서 어떻게,
라는 말이 나도 모르게 나왔습니다. 어떻게 새는 이토록
매끈하고 갸름한 곡선을 몸에서 만들어 낼까요? 그동안
먹은 수많은 달걀이 한 번에 오듯 그렇게 갑자기 보였죠.
타원의 작법을 학교에서 배운 날이었습니다. 점을 두 개
찍고 그 두 점에 느슨하게 실을 연결한 뒤 실을 팽팽히
잡아당기며 선을 그으니 알의 모양이 그려졌습니다. 두
개의 먼 시선으로 만들어지는 아름다운 능선, 알의 둘레
가 타원이었습니다. 두 점의 이격이 없다면 절대 그려지
지 않을 선이 타원이었죠. 그리고 달은 알의 능선을 따라
돈다는 것을 알았습니다. 그제야 오래된 물음을 꺼내었

습니다. 사람들이 왜 한숨 끝에 달을 보는지, 달을 보며 술잔을 기울이고, 달을 보며 시를 짓고, 달을 주우러 강물로 들어가는지.

달의 길이 타원이래요. 같은 달을 바라보는 그 시선의 합은 언제나 백이어서 내 눈이 열 밤을 건너면 당신의 눈은 아흔 밤을 걷고 내가 아흔 밤을 건너가면 당신의 눈은 열 밤을 걸어요. 그러자 당신이 물었습니다. 두 점이 만나면 안 되는 건가요? 저는 웃으며 말했어요. 그러면 원이 되잖아요. 그건 추해요. 완벽하니까.

진공관 스피커

어둠은 어떻게 세상의 모서리를 다듬는가. 자전의 방향을 거슬러 자기를 가두고 문을 잠근 이들에게, 그곳에 벽을 축조한 수많은 밤에 우리는 아름다움을 빚졌다. 작은 진공관에서 브람스의 선율이 번지고 울림을 따라 옅은 빛이 흔들리는 걸 보며 나는 아주 오래전 드나들던 높은 벽을 떠올렸다. 갇힌 채 흔들리던 빛 혹은 삶, 그 모든 것의 다른 이름, 어둠을 건너온 발걸음의 역사를 우리는 음악이라 부른다.

미평소년원, 높은 문 하나를 여닫은 뒤 또 다른 문을 여닫는다. 문과 문 사이를 지날 때마다 나는 희박한 공기를 모아 마시려는 듯 큰 숨을 연거푸 들이쉬었다. 운동장 건너편 건물의 또 다른 문이 열리고 아이들이 줄을 맞추어 강당으로 들어갔다. 몇백 명의 아이들이 모인 곳이 그렇게 조용할 수 있을까. 강당 문으로 비껴드는 봄볕을 내내 쳐다보는 아이들과 무표정으로 나를 뚫어지게 바라보는 아이들. 어떤 아이들은 눈을 감은 채 문신을 쓰다듬고만 있다. 그날 오후 가장 크게 들린 소리는 내 땀이 발등에 떨어지는 소리였다. 나는 수녀님의 말씀이 끝나기를 기다렸다가 앞에 나가 마이크를 들고 성가 몇 곡을 불렀다. 몇몇 아이들이 노래를 따라 불렀다. 네 도움이 필요해, 수녀님의 그 말씀에 발이 묶여 다음 주에도 또 그다음 주에도 나는 두 개의 단단한 문 안으로 들어갔다.

소년원을 방문한 지 석 달쯤 되었을 때, 처음 이곳에 오던 날 수녀님이 내게 하시던 똑같은 이야기를 원장실에서 듣게 되었다. 도움이 필요합니다. 전국에 소재한 모든 소년원이 하루 모여 합창대회를 여는데 아이들을 데리고 참가해달라는 것이었다. 그 순간 지난 석 달간 보았던 싸늘한 얼굴을 생각하였는데 마음의 소리와 상관없

이 나는 다시 고개를 끄덕였다. 대회가 열리는 가을까지
는 4개월이 남아 있었고 소년원 내에 합창단 같은 건 없
었다.

공기를 가두어 음악을 빚기까지 과학자는 자기를
얼마나 가두었을까. 존 플레밍. 그는 에디슨이 999번의
실패 끝에 찾아낸 전구 속 진공의 원리를 연구하여 진공
관 스피커를 발명하였다. 어둑하고 희박한 진공의 지붕
에 감싸인 소리는 더 둥글고 웅숭깊어진다는 것을 그는
999번의 감옥에서 알아낸 것이다.

합창단 오디션이 있던 날, 아이들이 생활하는 건물
로 들어가기 위해 처음으로 세 번째 철문이 등 뒤에서 닫
혔다. 복도 밖으로 쏟아지는 시선과 휘파람 소리를 뚫고
피아노가 있는 교실로 향했다. 가득 찬 교실! 30명의 합
창단원을 뽑는 자리에 70명은 넘게 온 것 같았다. 굳은
얼굴 너머로 설렘과 두려움이 겹겹이 숨어 기웃거리고
있었다. 오디션이 시작되자 그간의 딱딱한 모습과 달리
아이들은 그저 수줍고 엉뚱한 사춘기 소년이었다. 그곳

에 그 녀석이 있었다. 강당에 드나들 때마다 인사를 잊지 않았던, 명찰을 가리고 끝내 이름을 숨기던 녀석, 치한. 그 아이의 이름이었다. 이름(名)은 이룸(成)이라 했던가. 저 아이를 거쳐 간 무책임한 사람들은 모두 어디에 있는 것일까. 방향을 알 수 없는 분노가 일었다.

1년 가까이 철문을 드나들며 그곳의 사정을 조금 알게 되었다. 소년원에는 매일 조금의 편지가 왔고 그중에 선생님의 검열을 받은 편지만 아이들에게 전해졌다. 하지만 편지를 보내는 곳이나 찾아오는 이가 없는 아이들이 대부분이었다. 그런 멀쩡한 보호자가 있는 애들이면 이곳에 안 와요, 무슨 수를 써서라도 다 밖에서 해결하지. 아이들은 닫힌 문 안에서 세상 닫는 법을 배우고 있었다. 어둑한 세계, 미성년, 작고 미완성인 아이들에게 닫힌 문은 얼마나 두드려야 열릴까. 문을 두드리다 노크 소리로 음악을 만들어도 좋을 것이다. 나는 합창단으로 뽑힌 서른 명의 아이에게 익명으로 편지를 쓰기 시작했다.

아이들 사이에서 발신을 알 수 없는 편지 이야기가 수군수군 오갔다. 편지를 보낸 사람이 음악 선생일 거라는 추리를 하며 아이들끼리 조금씩 가까워졌다. 치한이는 합창단원 중에서도 책임감이 크고 실력이 좋아 솔로 부분을 맡으며 합창단 리더가 되었다. 직각으로 앉아 군가처럼 악으로 내지르던 노래의 모서리가 조금씩 둥글어졌다. 어느 연습 시간에 치한이가 대표로 앞에 나와 편지 발신인의 정체를 밝히라고 압박을 해대자, 아이들이 추임새를 넣으며 나를 몰아세웠다. 일 년 전 무표정으로 앉아 있던 그 아이들이었다.

아주 오랜만에 두 개의 철문이 동시에 열렸다. 버스 안에선 노래가 멈추지 않았다. "너를 뜨겁게 안고서 두 팔이 날개가 되어 언젠가 네게 약속했던 저 달로, 우리 푸른 꿈 싣고서 한없이 날아오를게…." 버스가 노래를 싣고 날았던가 노래가 버스를 싣고 날았던가. 치한아, 애들아~ 가자!!! 진공의 세계에서 우리는 날개를 펼쳤다. 서른 개의 필라멘트를 켜고.

+ 미평소년원 합창단은 그해 가을, <오 해피 데이>, <파일럿> 두 곡으로
  전국 소년원 합창대회에서 금상을 받았다.

2부

당신을
서랍 속에
재웠더라면

편
지
2

          나는 언젠가 얇게 펼친 반죽 위에 편지를 쓰고 싶다. 달걀 하나를 곱게 풀어 붓을 적신 뒤에 당신에게, 로 시작하는 편지를 적어 나갈 것이다. 달걀로 쓰는 문장은 내게도 보이지 않아 나는 문득 용기가 날지도 모르겠다. 몇 번이나 첫 장을 구겨버리고 나서야 봉투에 넣었던 손 편지들처럼 지울 수도 다시 쓸 수도 없으니 두서없이 서성대는 문장들과 물잔 엎지르듯 쏟아버린 속마음과 오랫동안 나 자신에게도 감추었던 비밀이 적힐지도 모르겠다. 밀지密紙는 밀지蜜旨가 된다. 다 쓴 편지를 종이 말 듯 마지막 문장부터 살살 말아 따뜻한 아랫목에 둔다. 헐겁게 말린 문장 사이로 숨이 보드랍게

오른다. 결과 결을 비비며 행간이 부푼다. 다 부푼 편지를 참나무 장작 붉은 화덕에 넣으면 글씨는 드디어 갈색 빛으로 떠오른다. 살갗에 박아 넣는 문신처럼 붉은 문장을 새겨넣는다. 타오르듯 떠오른 편지는 마지막 날숨과 함께 시간을 멈춘 채로 빵 속에 봉인된다.

운이 좋다면 당신은 따뜻할 때 이 편지를 받을 수 있다. 나는 이 빵이 편지라는 사실을 말하지 말아야지. 편지의 향기만이 남아 있는 방에 몇 마디 독백을 채워 넣는다. 내밀한 문장을 먹는 상상은 견딜 수 없이 기쁜 통증, 당신은 문장을 참 맛있게도 먹는군요. 몸속으로 숨기다니 밀지다운 엔딩이에요. 단 한 번 읽고 사라질, 그러나 이젠 당신의 심장 박동을 따라 내내 숨 쉴 내 문장들을 생각한다. 아... 나는 정말 못된 사람.

그런데 당신,
내가 구운 편지를 먹어봤나요?

오
븐

　　　　　　　부서질 일만 남았다는 건 정
말 신나는 일이지. 가장 위태롭고 빛나는 숨을 쉬고 있
을 때, 나는 당신을 오븐에 넣고 싶었다. 185℃, 13분이
면 더는 부풀지 못할 형태, 이토록 아름다운 미라는 없을
거야. 무너지는 찰나를 맛보지 않고서 삶의 아름다움을
말할 수는 없어요. 18513, 오늘은 당신을 뜨겁게 부수어
줄게요. 바스락! 정말 신나는 절망이야!

침엽수

                양옆으로 높다랗게 쭉쭉 뻗은 침엽수림을 자주 혼자 걸었다. 그곳에 있는 긴 의자에 앉아 한나절 책을 보거나 졸기도 하고 혼자 도시락을 펼쳐 먹었다. 거의 매일 지나는 이 숲은 메타세쿼이아가 늘어선 곳이었다. 세쿼이아는 큰 덩치와 달리 작은 방울 속에 하트모양 씨앗을 맺는다. 가을엔 오렌지색으로 물들었다가 새의 깃털 같은 잎을 한 번에 놓아버렸다. 침엽수라고 다 상록수는 아니며 잎이 모두 지는 낙엽수도 있다는 것, 상록수도 아주 천천히 잎이 지고 새로 난다는 당연한 사실도 이 숲을 걸으며 알게 되었다. 하지만 침엽수라는 이름은 너무 뾰족해서 얄밉군. 투덜거리면서 나는 또 침엽수림으로 들어간다. 뾰족과 뾰족 사이에는 모서리가 헤진 익숙한 향기가 있었다.

마음공부에 관해 나누는 언니와 이 숲을 함께 걸었던 적이 있다. 그녀는 무수한 상처 속에 살았으면서도 언제나 나를 먼저 위로하는 사람이었다. 아무리 심각한 얘기도 까르르 웃으며 어깨 뒤로 넘겨버리는 기묘한 재주를 가진 그녀가 한번은 이런 말을 했다. 내가 싫어하는 건 그게 내 안에 너무 많아서 그렇대. 마치 가장 못난 나를 보는 것 같으니까 얼마나 싫고 괴롭겠어? 그러니까 내가 싫어하는 인간들은 어딘가 나랑 닮은 거야. 정말 인정하기 싫었지만 생각할수록 맞는 말이었다. 나는 침엽수 아래에 앉아 침엽수가 무성한 내 속을 생각했다. 나를 찌르던 건 모두 나였구나. 내게 찔리면서도 나를 안아주던 둥그런 사람들을 떠올렸다. 만일 내가 싫다면 나는 제대로 너의 거울인 거다! 알았제? 계절이 깊어 침엽수 끝이 촛불에 닿은 편지지처럼 타들어 가고 있었다.

비가 며칠 내린 뒤 다시 혼자 침엽수림을 찾았다. 길은 향기로 가득했다. 그것은 끝나가는 것의 표정이었다. 그때 바람이 불며 오렌지색 바늘이 무더기로 흩날렸다. 사라지는 순간으로만 삶을 증명하는 불사조의 깃털처럼 향기로운 증언의 날개들. 나는 문득 이 잎사귀의 끝을 잉크에 담그고 싶다. 어깨에 당신의 날개를 달고 거울을 보듯 괴로워하며 쓰고 싶다. 미워하며 서로를 닮은 당신과 나의 이야기를. 침엽수, 그 뾰족하고 향기로운 소멸의 이야기를.

나는 고압선에 매달린 채

여덟 살 무렵이었을까? 마을을 가로지르는 고압선이 바닥에 늘어져 있다. 무슨 일인지 마을에 정전이 있었고 그걸 고치는 날이었을 거다. 동네 아이들은 신나는 일이라도 난 것처럼 고압선 주변에 와글와글 모였다. 멀리서는 빨랫줄같이 얇게만 보이던 전기선을 가까이 보니 김밥보다 더 굵었다. 선이 바닥에서 조금 들어 올려지자, 아이들은 이때다 하고 매달리기 시작했다. 선은 점점 당겨지며 땅에서 멀어졌다. 오종종히 매달렸다, 빗방울처럼 톡토독 떨어지는 아이들. 나도 꽤 먼 곳에서 매달렸던 손을 놓으며 바닥에 착 내려섰다. 그런데 한 녀석만이 잡은 손을 놓지 못했다. 아,

내 동생! 나는 다급히 소리쳤다. "광호야, 손을 놔! 어서 놔!" 선은 계속 올라가 땅에서 자꾸 멀어지고 있었다. 나는 다시 소리쳤다. "안돼! 놓지 마! 꽉 잡고 있어! 절대로 놓지 마!" 아이들의 소란에 주변의 어른들이 동생을 발견했다. 올라가던 고압선은 아주 높은 곳에서 겨우 멈추었다. 동네 사람들은 여차하면 받을 기세로 손을 한곳으로 모은 채 모두 위를 보고 있다. 하늘에 걸린 작은 발바닥 두 개.

나는 가끔 그날의 일을 꿈으로 꾼다. 다만 꿈에서 고압선을 끝내 놓지 못하는 아이는 나다. 호기심에서 재미로, 재미에서 두려움으로 바뀌는 동안 나는 지상에서 점점 멀어진다. 굵은 피복 위로 미세한 전류를 느끼며 어느새 나는 겁에 질려있다. 어디선가 어서 놔! 인제 그만 놔! 하는 소리가 들리다 점점 작아진다. 어느덧 놓을 수 있는 공중의 경계를 넘는다. 나는 고압선을 꽉 잡은 채 세상과 멀어진 내 발끝을 보며 생각한다. 나를 하얗게 소멸해 버릴 수도 있는 이 선을 나는 왜 놓지 못할까.

펜을 들고 앉을 때마다 나는 고압선을 꽉 잡고 세상을 바라보는 꿈을 떠올린다. 잡은 펜에서 고압의 전율을

느낄 때 나는 내게 묻는다.

당신은 이 선 위에서 끝을 볼 것인가?

계단에 사는 사람

동네에서 계단 하나를 가져 왔다. 아이 방에 적절한 수납공간을 찾다가 옆 동네에서 '나눔' 하는 걸 받아온 것이다. 2층 침대를 연결하던 계단 겸 수납장인데 목재가 탄탄하고 묵직한 데다가 색이 예 쁘고 외형도 말끔해 제법 마음에 들었다. 학교에서 돌아 온 아이가 방에 놓인 계단을 보고는 "엄마, 왜 계단만 있 어?" 하고 묻는다. 그러게. 계단만 있으면 좀 이상한가? 계단 위에 뭐가 있어야 했나? 대답도 질문도 아닌 내 말 에 아이는 어이없는 표정이다. 그러고 보니 아이 방은 천 장을 뚫고 올라가는 비밀 문을 감추고 있는 것처럼 보였 다. 우린 서로 얼굴을 쳐다보다가 웃음이 터졌다. 에라 모르겠다. 계단에서 살아보지 뭐. 하더니 아이는 책 한 권을 들고 계단에 앉아 읽는다.

어릴 적 동네 골목에 쭈그리고 앉아 책 읽고 편지 쓰던 돌계단이 있었다. 계단은 비도 바람도 사람도 흐르는 곳이지만 제 방을 갖지 못한 아이에게 때때로 시간을 접어두는 비밀스러운 공간이 되기도 했다. 작은 몸을 절반으로 접고 앉아 편지를 쓰던 아이 위로 구름이 가끔 제 몸을 접어 머물다 갔다. 접힌 길, 접힌 무릎, 접힌 빗물, 접힌 노래. 그 돌계단엔 아직도 좋아한다는 말이 접혀 있을까?

비밀의 문을 감춘 채 계단에 앉아 책을 읽는 저 아이도 언젠가 구름처럼 흘러갈 것이다. 내 곁에서 잠시 접혔다 떠난 시간은 어디에 도착했을까. 오래전 나는 당신이 사는 곳 계단에 앉아서 아이스크림 하나를 먹고 온 일이 있다. 당신 없이, 계단을 만나러 간 사람처럼, 당신이 매일 흐르던 그곳에 앉아 있다가 주머니에 기억 하나를 불룩이 접어 넣고 돌아왔다.

바다에 눈이 내리고 있습니다. 계시는 곳에선 벌써 눈송이 같은 꽃잎을 받아보기도 했을 것인데요. 파도는 계속 움직이고 살아나며 검은 물의 가장 높은 곳으로 흰 금을 밀어 올립니다. 해변을 줄지어 하얗게 하얗게 무리 짓는 것은 눈송이일까요? 파도에 쓸려온 꽃잎일까요? 흰 것들의 다른 이름은 깊이를 잴 수 없는 어둠 속에 있는지도 모릅니다.

그런저런 생각을 하는 중에 큰 파도 하나가 훅 넘어왔습니다. 깜짝 놀라 뒤로 물러섰지만 이미 발과 다리가 다 젖었습니다. 폭 젖은 몸을 털어보겠다고 함박눈 쏟아지는 해변을 팔짝팔짝 뛰었습니다. 그러나 이미 내게 온 것, 스며든 것, 꼼짝없이 덮쳐오는 폭설, 파도. 삶.

저는 이것을 해안가 낮은 담장에 그어진 물금에서 다시 봅니다.

당신을 서랍 속에 재웠더라면

씨앗 말이에요. 씨앗은 서랍 속에서 잠을 자요. 죽은 거예요? 하고 묻자, 당신은 묵은 것이라고 했지요. 씨앗은 조용한 여행자처럼 서랍 속에서 오래오래 묵다가 따뜻하고 촉촉한 품을 만나면 기지개를 켠단다. 아주 오래전 당신에게 배웠어요. 숨소리가 들리는지 서랍에 귀를 대어 보던 나. 혹시 열리지 않는 씨앗이 있더라도 죽은 것이 아니에요. 잠꾸러기죠.

나는 오랫동안 당신과 룸메이트였기 때문에 심심하면 당신의 경대 서랍을 열어 보았어요. 유통기한을 알 수 없는 진달래 빛 립스틱 – 실은 속까지 깊이 파서 쓰고는 진달래 그림자만 남아 있는 립스틱의 껍질, 특별한 날에만 여는 향 분 그리고 갖가지 이름이 적힌 하얀색 규격 봉투들이 가득 들어있었습니다. 과꽃, 수레국화, 양귀비, 봉선화, 백일홍, 적상추, 쪽파, 당파, 대파…. 흔들면 쌀쌀 솔솔 소리가 나는 서랍 속은 만 평 꽃밭이었어요. 향기롭게 잠든 깊은 꽃밭에 이름도 소리도 없는 봉투 하나를 찾아 열었습니다. 거기엔 흑백의 젊은 당신이 있었어요. 일본의 어느 거리인 듯했습니다. 한복을 곱게 차려입은 얼굴에서 은은하고 부드러운 빛이 흐르고 있었어요. 아씨라고 불리던 어린 딸을 서당에 보내신 아버지를 당신은 자주 자랑하셨지요. 당신이 들려주신 거친 삶이 아직 그곳엔 없었습니다. 식민지의 여인으로 살아갈 질곡을 전혀 모른 채 당신은 거기에 아직 피지 않은 꽃처럼 서 있습니다. 그 후로 나는 꽃들 속에 가느다랗게 선 검은 꽃을 몰래 만나러 가곤 했습니다. 웃지 않는 얼굴이 희미하게 미소 짓는 것처럼 보일 때까지 물끄러미 바라보다 다시 꽃 사이에 넣어두곤 했지요.

더는 당신 없는 당신 방에서 잠을 자다가 깜깜한 새벽에 깨었습니다. 씨앗들이 수런대는 소리를 들었을지도 모르겠습니다. 100년을 기다렸다가 심어도 싹을 틔우는 씨앗도 있대요. 서랍 같은 어둠 속에서 혼잣말합니다. 할머니, 당신을 서랍 속에 재웠더라면 ......

드넓은 꽃밭에 서 있으면 서랍 속에 있는 것 같아요. 거기 어딘가 내게만 보이는 희미한 미소를 지으며 가느다란 꽃 한 송이 서 있을까요?

순

까만 가마솥을 환하게 일으키는 둘레, 몽글몽글한 리듬, 순두부를 숟가락에 얹으면 방울방울 순한 것들이 흔들린다. 순 두 부, 라고 말하면 뽀뽀하려고 다가오는 아이처럼 입술이 동그래져요. 누가 그런 말을 하니까 순두부를 둘러앉은 이들의 입술이 동시에 동그래진다. 맛도 이름도 생김도 이렇게 순한 것이 있을까. 뽀얗고 말간 물기는 마른 콩이 풀어 놓은 속마음 같다.

처음 이곳에 찾아왔을 때 마을의 가장 어르신이 98세였다. 봉사단 막내는 8살. 90년을 마주하고 둘이 수박을 아삭아삭 먹던 모습이 수박색처럼 선명하다. 그 뒤로

이 마을을 찾을 때면 어르신이 탈 없이 계시기를 바라고 바라면서 달려간다. 계수나무와 연못이 있었다는 감물면 계담마을에는 여전히 계수나무가 푸르게 서 있고 그 아래에서 나는 벌써 세 번째 계절을 맞이했다.

계담마을 마당에 콩 익는 냄새가 그득하다. 먼 데서 굽이굽이 마을을 찾은 봉사단 사람들을 먹이겠다고 새벽부터 콩이 익고 있다. 유난히 콩을 잘 키워내는 땅이어서 유월이면 집마다 콩을 심느라 바빠 여유롭게 진료실에 오지도 못한다. 늦게 흙을 털고 들어와서는 그을린 몸을 누이는 사람들, 관절이 다 굽어 콩알 같은 걸 마디마디 품은 손을 오랜만에 잡아 본다. 순간 마른 응어리가 풀려버리는 건 누운 어르신이 아니라 내 마음이다. 내가 이 일을 멈추지 못하는 이유는 꼬부라진 허리로 새벽에 두부를 빚는 마음 같은 것일 거다.

진료실로 반가운 얼굴이 속속 도착했다. 진료 배드 대신 깔린 이불 위로 한 분 한 분 모시고 그간의 안부를 묻는다. 잘 지내셨어요? 그 한마디에 당신의 안부와 당신 자식들의 안부와 당신이 돌보는 밭의 안부와 마당의 누렁이 안부까지 줄줄이 나와서 방 안은 안부로 가득 찬

다. 안부와 안부 사이로 부지런한 손들이 무릎을 주무르고 손과 발을 만진다. 나무껍질 같은 발을 만지면 부끄러워하던 분들도 이제는 편안히 당신의 맨살을 내어놓는다. 깃털이 다 쇠한 날개뼈 같은 손을 잡고 아픔에 아픔을 덧대는 사람들, 살이 살을 스치면 그 틈으로 정이 깃든다.

　　경로당 뒷집 할머니네는 작년보다 꽃나무가 더 늘었다. 씨를 거두지 못해 아쉬웠는데 바람이 심어줘서 제가 절로 났다고, 신통방통 그 말씀을 몇 번이나 하시며 꽃나무가 자식보다 낫다고 하신다. 자식들 힘들게 키워봐야 다 소용없다니까요! 하면서 맞장구를 치면 그때부터는 자식 자랑이 슬슬 나오기 시작한다. 목소리가 씩씩했던 부녀회장님은 올해 기가 푹 죽었다. 아저씨 눈에 알 수 없는 병이 생겨 큰 병원에서 검사했는데 실명을 할지도 모른다고 했다. 요즘은 집 밖으로 잘 나오지도 않고 마음이 날카로워 온 가족이 살얼음판을 걷는다고 한다. 한의사 선생님은 고집을 부려 기어이 아저씨를 마주했다. 병은 자랑해야 해요. 그래야 돌보는 손이 여러 개 되어서 빨리 나아요. 자꾸만 나와요. 진맥하고 시침을 했다. 손 여러 개가 매달려 아저씨를 주물렀다. 아저씨가 오랜만에 웃었다. 우리는 쓸데없는 안부를 마구 쏟아내며 김이 휘휘 도는 순두부를 함께 먹었다.

삶의 가장자리는 함께 물큰해지기 좋은 곳이다. 아픈 사람들이 아픈 곳을 찾아가 돌보고 외로운 이들이 더 외로운 곳으로 꾸역꾸역 찾아갔다. 한의사, 공무원, 요리사, 전기 엔지니어, 간호조무사, 유치원 원장, 성악가, 제빵사…. 부자도 특별한 사람도 아닌 이들이 같은 옷을 입고 모인 곳, 이 가장자리에서 너나 할 것 없이 우리는 함께 치유된다. 어떤 아픔은 함께 퍼내면서 순해지는 것, 마른 콩처럼 단단한 외로움도 한데 모이면 말랑말랑한 율동이 되기도 한다는 걸 우리는 함께 배운다.

진료 시간이 한참 지나도록 기다리던 어르신 한 분이 오지 않았다. 대답을 들을 준비가 안 되어 차마 그분의 안부를 물어볼 수가 없었다. 올해도 잘 익은 수박을 사 왔다고, 같이 부들부들한 순두부를 먹자고, 이가 없어도 먹을 수 있게 단물이 그득한 수박을 얇게 잘라 손에 쥐여 드리려 했다. 마을 어귀에 나가 기웃거리며 웃자란 풀을 뜯고 있는데 저기, 저 길모퉁이에 뽀얀 햇살을 머리

에 이고 걸어오는 작은 사람 보인다. 순하게 손을 흔들며
내게 온다.

소동파 한 접시

　　한 번도 떠난 적 없지만 한 번도 닿지 못해 허공에 뿌리를 내린 채 살아가는 이들이 있다. 이 땅은 그들이 태어난 곳이면서도 언제나 이국땅이어서 고향이란 기어이 닿을 수 없는 낱말이었을 것이다. 선천성 그리움$^{\infty}$을 앓는 이들, 화교 2세들은 허공에 고향을 짓는다.

　　객지에 사는 이들은 그리움의 발원지, 그러나 끝내 닿지 못하는 곳을 고향이라 부른다. 끌어안고 살아가면서도 그리워 손을 뻗는 우리는 제 뿌리를 만질 수 없어

　　∞ 함민복 시 <선천성 그리움>에서 차용함

흔들리는 잎사귀들이다. 기억 속의 이름은 돌아갈 수 없는 시절의 이름이어서 이제는 쥐어지지 않고 기억 속의 흙도 다시 밟을 수 없으리. 고향은 영영 깊은 곳으로 뿌리내리고 있다.

대만 화교 2세인 형부는 요리사다. 형부는 인천에서 태어나 차이나타운에서 오랫동안 요리를 해왔다. 삼국지의 장수 하나를 떠올리게 만드는 큰 키에 어깨에서 팔로 떨어지는 능선에 바위들을 품고 있는 그의 외모는 누가 봐도 이방인으로 보였다. 형부는 늘 말이 없었다. 구름 하나를 통째로 담아내는 크고 둥그런 눈망울은 어떤 말을 하는 듯했지만 나는 알 길이 없었다. 형부의 이야기는 접시 위에서만, 읽을 수 없는 문자로 담겼다.

평생 연애만 할 것 같던 사촌 언니가 어느 날 가족 모임에 형부를 데려왔을 때 가족들은 두 사람을 미녀와 야수라고 불렀다. 호리병 같은 몸에 딱 붙는 치파오를 입은 언니는 족자의 그림에서 막 나온 듯 보였다. 미녀의 성격은 보통 까칠한 게 아니어서 야수는 미녀에게 자주 혼이 났다. 특히 한국말을 할 때 말투가 퉁명스럽고 무식

하다는 게 주된 이유였다. 형부의 한국어는 의미 전달에만 충실한 단문이어서 다정하게 들리지는 않았다. 문장에서 빠진 형용사와 부사는 형부의 눈동자와 뒷모습에서 어른거렸지만, 미녀에게는 잘 전달되지 않는 듯했다. 게다가 좀 길게 말하려고 하면 중요한 단어를 오묘하게 틀리곤 했는데 그때마다 식구들에게는 웃을 일이 생겼다. "그 식당은 임신(인심)이 좋아."라고 말했을 때 언니는 "둘째 갖고 싶으면 그 식당으로 가야겠네. 응?!" 하고 곧바로 잔소리를 퍼부었지만 '식당은 역시 임신이 좋아야 한다.'라는 말은 식구들 사이에서 한동안 유행어가 되었다. 또 한 번은 "이번 여행엔 처제가 콘돔(콘도)을 예약해 줘."라고 말했다가 "처제한테 자알 한다. 아주 삼류영화를 찍지 그래?" 하고 혼이 났다. 민망해진 형부는 "또이부치(미안해)."하고는 멋쩍게 웃으며 주방으로 사라졌다. 그날 이후로 나는 졸지에 콘돔을 예약하는 사람이 되었지만, 어떤 언어의 벽도 사람의 온기를 막지는 못하므로 이러한 소동은 언제나 훈훈하다. 듣고자 하면 뜻은 언제나 통한다.

산 같은 등을 구부려 주방으로 들어가는 형부를 나는 자주 오래 바라보았다. 불 앞에 선 형부의 눈은 멀고 아득했다. 기름과 땀으로 번쩍이는 근육은 불길을 그대로 비추고 있는데, 근육은 웍$^{\infty}$과 연결되어 있어서 웍을 감싼 붉은 기운이 근육을 타고 올라 눈동자에 피어나고 있었다. 형부의 고향은 불 속에 있는 듯 보였다. 불의 고향은 어디일까. 형부의 눈빛은 불의 뿌리에 닿으려는 듯 쉴 새 없이 뜨거운 것을 퍼 올리고 있었다. 그러나 그것은 붉은 아지랑이 건너편에 있는 것이어서 매양 접시에 담기는 것은 그리움의 향취뿐이다.

그의 요리는 잔재주를 부린 흔적이 없었다. 불 속에서 길어 올린 맛은 우직했고 자잘한 감각을 넘어 알 수 없는 여운을 남겼다. 그 맛을 찾아오는 사람들은 점점 늘어나 형부의 식당은 나날이 붐비었다. 사람들은 한겨울에 손을 비비면서도 줄을 섰는데 접시를 비울 때마다 모국어를 잊은 채 국적 불명의 감탄사를 쏟아냈다.

∞ 중국요리를 할 때 사용하는 우묵한 프라이팬

식당이 바빠지자 나는 어린 조카를 돌보기 위해 그곳으로 자주 달려갔다. 그때마다 형부는 내게 요리를 하나씩 해주었다. 그날도 형부는 말없이 접시 하나를 내밀었다. 생소한 향과 붉은 윤기가 고기를 아른아른 감싸며 피어오르고 있었고 선명한 초록의 청경채가 비단 치파오처럼 매끈하게 곁들여 있었다. 형부가 내게 물었다. "소동파 알아?" 나는 고개를 저었다. 형부는 어서 먹으라며 접시를 가까이 들여주고는 웃으며 돌아섰다. 접시 위에는 응축된 시간이 놓여 있었다. 고깃결에 쌓아 올린 이국의 세월은 탑을 이루고 있었는데 그 탑신에 새겨진 문장은 하 오래되어 내 입김에도 풍화될 것만 같았다. 두툼한 고기 한 점을 입에 넣었다. 선명하게 겹을 이루던 비곗살과 살코기가 부드럽게 무너지며 향기만 남기고는 금세 사라졌다. 내게 낯선 말을 건네는 한 점 이국의 맛, 이국의 향이 배어든 숨을 쉬고 있으니, 형부의 세상과 나의 세상을 잇는 골목 어디쯤을 걷는 듯했다. 경계인이 되어 헤매는 동안 접시는 비었다. 어느덧 소동파가 내게 오간 흔적은 숨에서만 아련하였다. 나중에 꼭 한 번 더 소동파를 먹고 싶다고 인사를 하자 형부는 크게 웃으며 "그건 둥포러우(동파육), 소동파는 북송 때 시인이야." 하고 말했다. 부끄러움과 어이없음에 둘은 한참을 웃었다.

동파육이 중국 최고의 문장가이자 시인, 소동파의 이름을 따온 음식이라는 것을 알고 난 뒤에도 나는 동파육을 계속 소동파라고 불렀다. 동파육은 그 붉은 향의 뿌리인 천 년 전 시편들로 나를 이끌었다. 긴 시간 외로운 길을 떠돌며 수많은 시를 남긴 소동파의 발자취를 따르다 보니 어느덧 동쪽 언덕(東坡)에 홀로 서는 날들이 많아졌다. 맑은 달빛이 환하게 쏟아지는 동쪽 언덕에 고향을 떠나 홀로 걷는 이의 뒷모습은 의연하다. 동파, 라는 시를 읽으면 소동파보다 형부가 먼저 떠오르고 쇠와 불이 만나는 소리가 쟁강쟁강 들려오는 듯했다. '自愛鏗然曳杖聲 쟁강쟁강 지팡이 끄는 소리 홀로 사랑하노라'[∞]

곧 형부의 생일이었다. 형부가 내게 해준 것처럼 나도 접시에 소동파를 담아 선물하고 싶었다. 붓글씨를 한참 배우고 있던 나는 몇 날 며칠이 걸려 고른 시구를 하

[∞] <東坡> - 소동파(蘇東坡 1037-1101)

76

얇고 나지막한 질그릇에 먹물로 한자씩 적어 나갔다. 고기 대신 접시에 오른 열네 자는 이렇다.

人生到處知何似
사람 사는 이 세상 무엇과 같은지 아는가
應似飛鴻踏雪泥
날아가던 기러기 눈밭 걷는 것과 같다네[∞]

형부의 생일 밤, 다 같이 소주를 한잔하고 나서는데 함박눈이 세상의 모서리를 지우고 있었다. "눈 온다. 영인아" 눈 속으로 입김처럼 하얀 말이 번졌다. 그 말은 어느 나라의 말도 아니었다. 모든 선이 사라진 눈 위를 우리는 함께 걸었다.

20여 년이 지난 지금도 눈이 내리면 처음 맛본 동파육의 향과 접시에 담았던 소동파의 시가 떠오른다. 나는 오늘 흰 눈 같은 종이를 펼쳐 접시에 담지 못한 그다음

[∞] <和子由澠池懷舊> - 소동파

시구를 적어본다.

雪上偶然留指爪
눈밭 위에 우연히 발자국 남기고
飛鴻那復計東西
기러기는 날아서 어느 방향으로 간 걸까

이젠 가족이 아닌 형부는 어느 하늘에 고향을 짓고
있을까. 밖에 나서니 밤새 쌓인 눈에 지난 발자국은 다
지워져 온데간데없다.

복
년
씨

복이 연년이 들어오라고 복년이다. 여자 이름이 촌스럽게 복년이가 뭐냐 복년이가! 그럴 때마다 복년씨의 남편은 어차피 들어올 복이면 복분이나 복초가 더 낫지 않겠냐고 놀렸다. 우리 가족은 엄마의 이름에 기대어 살았다. 매년 복을 기다리며 다가온 추운 일들을 복이라 여기며 가난한 시절을 지나왔다. 복년씨를 더욱 그 이름으로 보이게 한 것은 손이다. 짧고 뭉툭하고 두툼한 손, 우리 가족은 약속한 듯 그 손을 복손이라 불렀다.

나도 복년씨와 꼭 닮은 손을 갖고 있다. 대학에 들어가 내 손이 희고 가늘고 길지 않다는 걸 알게 된 뒤부터 나는 주머니에 손을 넣고 다녔다. 웬만해선 악수를 하지 않았고 좋아하던 친구가 처음 손을 잡으려 할 때 나도 모르게 손을 뿌리쳐 시작도 못한 채 보내야 했다. 아마 그때쯤이었을 거다. 복년씨가 누에머리처럼 생긴 짧고 못생긴 당신의 왼손 검지를 보여주었다.

육 남매 중 넷째로 태어난 복년씨는 일찍 부모님의 손이 되었다. 형제들이 대학 졸업할 때까지 도시락을 싸고, 출근할 언니들의 양복을 다리고, 소죽을 쑤고, 누에에게 뽕잎을 먹이고 외할머니의 다정한 말벗이 되었다. 집안일을 시작하고 얼마 안 되어 사고가 났다. 소여물 거리를 자르다가 검지 한마디가 잘린 것이다. 의사는 잘린 손가락을 봉합하지 않았다. 어린 손이라서 자랄 수도 있다고 했다. 손가락은 더디게 자랐다. 냉이처럼 나지막이, 들꽃처럼 아물었다. 그 일 이후로 복년씨는 말수가 적어졌다. 그런 그녀에게 소와 누에는 조용한 친구가 되었다. 누에가 일제히 뽕잎을 뜯을 때 눈을 감고 처마 아래 가득 차오는 빗소리를 들었고 소의 등에서 나는 구수한 짚 내음을 알았고, 소의 크낙한 눈망울 속에서 자랐다.

식구들은 때로 이해하지 못했고 답답했지만, 복년씨의 언어는 늘 손에서 만들어졌다. 말 한마디면 빠르고 편할 일을 긴 시간을 들여 에둘러 전하는 걸 좋아했다. 더디 자란 손가락처럼 은은히 은근히, 나는 당신의 손이 만드는 느린 리듬을 먹고 입고 보면서 자랐다. 그 안에서 나와 동생과 냉이와 강아지가 뿌리 안에 단물을 길렀구나. 내가 복년씨의 손을 잡고 어쩔 줄 몰라 하자 당신은 괜찮다고 말했고 나는 괜찮지 않았다.

한 사람의 손을 잡을 때, 그의 바닥과 등과 걸어간 길들이 모두 온다. 나는 당신의 잘린 손가락 끝을 만질 때마다 명치에 작두가 내려오는 통증을 느낀다. 버섯이 핀 당신의 손등을 어루만지다가 당신 등에 업혀 건너온 시절을 떠올린다. 청진기처럼 등에 귀를 대고 당신의 박동을 콧노래로 부를 때, 옆으로 기댄 눈동자로 세계가 책장처럼 넘어갈 때, 햇살 이불이 등을 덮어올 때 당신은 손바닥으로 내 온몸을 들고 있었다. 당신은 뾰족한 자갈 위에 손등을 대고 바닥으로 나를 받친 채 노래를 불렀다. 복년씨의 짧은 손가락, 예쁘지도 너무 뜨겁지도 차지도 않은, 백열등의 은은한 온기를 지닌 채 아름다운. 당신의 손은 여전히 내게 말한다. 너의 바닥을 내게 주렴.

얼마 전 복년씨가 동네 사람에게 기타를 사겠다고 말하는 걸 들었다. 내 손가락이 짧은데 괜찮을까? 당신이 걱정하자 사람들이 너도나도 말했다.

형님 손이 못할 게 뭐 있슈?!

3
부

그런데 당신,
내가 구운 편지를
먹어 봤나요?

포
앙

포앙은 까만 앙금을 흰 반죽으로 감싸는 일. 이 말이 오목하고 다정해서 나는 안아달라는 말 대신 포앙이라고 말하고 싶다. 포대기, 포옹, 포용, 포앙은 다 비슷하게 포근하지. 모든 것을 잃고 당신 앞에 섰을 때 내 까만 눈동자를 감싸던 당신의 스웨터처럼, 나는 감싸네.

당신에게 까맣게 쌓인 앙금을, 으깨어진 선형을, 버티고 있는 주먹을.

팥
빵

        엄마는 배꼽을 파면 큰일 나는 줄 아는 분이었다. 그럴수록 배꼽 안쪽에 뭐가 더 있을 것 같은 의심은 날로 커져 좁다란 길의 끝을 상상하며 몰래 후비적거리다 보면 귀가 간지럽거나 등이 찌릿해 오기도 했다. 해파리 촉수 같은 것이 배꼽 안으로 이어져 나의 모든 감각과 거쳐온 시간까지 관장하고 있는 건 아닐까. 아마도 배꼽을 파면 귀에선 옛 자장가가 살아나고 최초의 포대기 끈이 지나간 등이 배겨오는지도 모른다. 배꼽은 그 모든 옛일과 이어진 게 틀림없다고 생각했다. 어떤 사건을 만나기 전까지는 말이다.

미스터리 한 배꼽의 발단은 아들 쌍둥이를 임신한 대학 동기의 배에서 벌어졌다. 이 녀석들은 손수건만 한 엄마의 뱃가죽 크기 따위 아랑곳하지 않고 다투듯 무럭무럭 자라났다. 친구의 배는 나날이 위태롭게 솟아오르기 시작했다. 갓 구운 옛날 단팥빵 같던 배가 이쯤이면 한계다 싶은 순간을 갱신하고 갱신하며 팥앙금에 생크림을 터지도록 넣은 크림 팥빵처럼 끝을 모르고 부풀어 오르는 것이다. 우리는 대단한 아기 장군들의 만남을 목전에 두고 맘 편히 밥이나 한 끼 먹자고 날을 잡아 만났다. 친구는 티셔츠를 살짝 올려 나달나달하게 부푼 만삭의 배를 보여주었다. 그런데 세상에! 그녀의 배에는 배꼽이 없었다! 내 추측대로라면 그 주름은 몸속 깊은 곳까지 연결되어 있어야 하는데 그게 아니었다. 비행기를 접었다가 다시 펼친 색종이처럼 팽팽히 펼쳐진 배에는 접었던 자국만이 흐릿할 뿐이었다. 배꼽이 구겨진 껍데기일 뿐이었다니. 펼쳐진 배꼽을 보는 순간 내 뇌의 주름도 일순 쫙 펼쳐지며 미켈란젤로의 천지창조 그 휘장이 쭉 찢어지는 소리가 들렸다. 그 후 나는 친구의 안부보다 배꼽의 안부가 궁금했다. 두 녀석에게 양쪽 젖을 물린 그녀를 만나자마자 나는 조심스럽게 배꼽의 여부를 물어보았다. 이번에도 그녀는 옷을 들어 배를 보여주었다. 낮에 펼치고 밤이 되면 다시 조롬조롬 꽃잎을 여미는 어리연꽃 한 송이가 그녀의 배 가운데 조붓이 접혀 있었다. 왠지 모를 안도감을 느끼며 나는 내 배꼽을 후벼본다. 귓속 깊은 곳이 찌릿찌릿하며 간질간질하다. 하..이거 참...

배꼽이 있는 빵이 있다. 참외처럼 뽈록 튀어나온 아기 배꼽을 가진 귀여운 빵, 브리오슈. 그리고 대표적인 배꼽 빵, 팥빵. 내 첫 기억의 단팥빵은 갈색으로 구워진 가운데 배꼽이 옴폭 들어앉은 모습이다. 그 옆으로 검은 깨 몇 알 붙어있어 배꼽과 깨가 붙은 부분을 동시에 앙베어 물면 근심이 다 사라진다. 안에 생크림이나 과일잼을 넣어 빵빵하게 부풀린 신제품들이 판매대를 차지한지 오래되었지만 역시 팥빵의 최고는 촉촉하게 쏙 들어간 배꼽 팥빵이지!

빵을 처음 배울 때 동그란 나무알(제빵 용어로는 목란이라고 부른다)로 팥빵의 배꼽을 만든다는 걸 알았다. 목란을 든 내게 팥알들은 말을 건다. 알로 배꼽을 만들다니 팥빵은 새와 인간의 중간격이군요. 그러면 괜히 등이 따끔거리며 날개뼈가 돋아나는 것 같다. 팥빵에서 딸려 나오는 입말들, 그건 배꼽에 줄줄이 연결된 팥알들의 환호성일까. 팥알들은 함부로 귀나 등 뒤로 가서 옛일을 건드리는 게 취미인가 봐요. 그래서 오래된 사람들은 팥빵을 좋아해요. 아플수록 맛있거든요.

막
대
파
이

　　　　　　　　길고 납작한 반죽 옆에 똑같
은 반죽을 나란히 놓는 중이다. 굽기 전 마지막으로 바닥
에 앉히는 이 작업을 팬닝이라고 한다. 팬닝이 끝나면 마
지막 발효를 거치는데 그동안 반죽은 안간힘을 쓰느라
밖으로 물기가 맺히고 숨은 끝까지 차오른다. 발효가 거
의 끝나가는 반죽을 보면 투명할 정도로 얇게 부풀어 있
다. 표면은 마치 비눗방울 같아서 스치는 지문에도 푹 꺼
져버릴 정도로 위태롭고 아름답다. 숨을 가득 머금은 채
몸에서 돋아난 물기에 완전히 투항한 반죽은 제 의지로
모서리 하나 들어 올리지 못한다. 이제 반죽이 할 수 있
는 일은 없다. 바닥인 거다.

한때 젖은 반죽처럼 바닥에 붙어 무덤 같은 하루하루를 보낸 적이 있다. 눈을 감으면 깨어나지 않게 해달라고 기도하다 지쳐서 잠이 들었다. 눈을 뜨면 물을 길어 올리는 샘이 끝도 없이 두레박을 내리고 올렸다. 손도 밧줄도 없이 마음도 없이 샘은 자동으로 작동되었다. 그렇게 몸에서 빠져나온 물기는 나를 바닥에 붙여버렸다. 마지막 발효가 끝난 반죽처럼 손가락 하나 까딱할 수 없는 막막. 나는 바닥이었다.

팬 바닥에 반죽을 나란히 놓다가 앞치마에서 손바닥 공책을 꺼내어 '바닥'이라고 적었다. '바다'에 붙은 막다른 소리 ㄱ은 절벽의 소리다. 땅과 물이 선을 긋고 있는 바다 끝의 절벽이 바닥이라는 듯 기역 자는 자비 없이 가파르다. 바닥에는 바닥이 없다. 바닥이므로 더 갈 곳이 없다, 는 긴 날숨의 평화가 바닥엔 있다. 그 몽롱한 상실에서 내 손가락 끝을 들어 올린 것은 위로의 말도 억지로 일으키려는 손길도 아니었다. 아무 기척도 없이 내 옆의 바닥에 누워 함께 젖고 있는 이였다. 채근도 판단도 없이 마치 나인 양 나란한 고요. 바닥에 저 혼자 깊어진 슬픔과 바라보는 슬픔이 나란했지. 내용 없는 기도를 위해 모은 두 손처럼. '바닥'이라고 쓴 옆에 '나란'이라고 쓰고 보니 두 낱소리에 ㄴ과 ㄴ이 서로 닮은 모습으로 누워있다. 기역 자 절벽을 눕히자, ㄴ! 두 사람의 절벽을 나란히 눕힌 모습이 '나란'이었다. 이 바닥에서 당신과 내가, 슬픔과 슬픔이 몸을 뉘어 비로소 숨을 쉬고 쉼에 이르기까지가 '나란'이었다.

주방에 막대 파이 굽는 냄새가 고소하다. 뜨거운 오븐 너머로 바스락바스락 서로 살갗을 경쾌하게 부딪치며 바닥에서 나란히 일어서는 막대들을 바라본다. 젖은 이를 받아주는 것도 생의 모서리를 들어 올리는 것도 다 바닥의 일이어서, 나는 이 바닥이 좋다. 나란히 누워 젖은 마음을 말리는 바닥의 일을 나는 멈추지 못하리. 아~ 사랑스럽고 징글징글한 바닥이여!!

잎에 쓰다 나무의 꿈

나무는 죽는 순간 가장 향기롭다는 말을 언젠가 들었다. 책장을 펼칠 때 번지는 향기는 나무가 남긴 마지막 노래일까. 잎이 무더기로 지는 계절이나 오래된 책방에 이유를 모르는 슬픔이 카펫처럼 깔리는 것은 이 때문일 것이다. 썩은 고기 같은 시간을 문드러지도록 보내던 나는 오랜 골목의 서가에 웅크리고 있다가 거울에 비친 더벅머리 여인을 마주했다. 눈과 볼이 푹 팬 낯선 이가 나를 보고 있었다. 산송장 씨, 죽고 싶으면 나무처럼 죽어요. 인제 그만 일어납시다. 머리도 좀 감구요.

긴 공백 끝에 다시 일하게 된 곳은 300석 규모의 뷔

페 레스토랑이었다. 나는 그곳의 베이커리에서 매일 20가지 이상의 디저트를 만들었다. 양식, 한식, 중식, 일식, 베이커리 각각의 코너에 있는 요리사들은 식사를 위해 주어진 1시간 남짓의 시간을 제외하고는 손님이 있든 없든 서서 일했다. 직원들은 종아리 혈관병을 막기 위해 어떤 압박 밴드가 좋은지 나이 든 신참에게 공유해 주었다. 수백 개의 나무 의자 사이에서 앉지 못하는 사람으로 보내는 12시간, 노동 시간이 긴 직장에서 힘들었던 건 아픈 다리보다 숲길을 걷거나 책 읽을 시간이 없다는 것이었다. 그래서 오븐이 돌아갈 때나 화장실에서 한 줄이라도 읽기 위해 앞치마에 시집을 넣고 다녔다. 그마저도 쉽지는 않았으나 시 한 편으로 하루를 보상받는 날도 있었다. 쉬는 시간이 되어서야 종일 서 있던 사람들은 의자를 하나씩 차지하고 핸드폰을 보거나 졸았다. 의자에 앉으면 피로가 몰려와 한쪽도 읽을 수가 없으므로 나는 의자에 앉는 대신 비밀 장소로 간다. 내가 걷고 읽어야 할 숲이 거기에 있었다. 문장이 흐르는 작은 오두막, 오븐 옆에 빈 케이크 상자를 쌓아둔 한 평의 공간, 그곳에 쪼그리고 앉아 몰래 책장을 펼친다. 빵을 담았던 종이와 문장을 감싼 종이 사이에서 얼음이 깨지는 소리를 들었고 때때로 숨 쉬는 법을 잊었으며 눈을 찔렸다. 아주 드물게 단번에 관통하는 언어를 만났고 맘껏 길을 잃었다.

앉지 못하는 나무 의자, 밀가루 묻은 손바닥 공책, 빵 종이, 시집. 내가 만지고 사랑한 한 평 숲에서 나는 등단작과 첫 책의 원고를 썼다. 문득 공예가 이종국 선생의 말씀이 떠오른다. 몇 해 전 찾아간 갤러리에서 선생은 죽은 은행나무로 만든 새를 보며 이렇게 말씀하셨다. "이 새는 나무가 살아 만난 모든 이야기를 기억하고 있을 겁니다."

계
피
빵

냄새 한줄기에 한 시절이 통째로 딸려 오는 날이 있지. 초 앞에 손 모으던 사람이 일어서서 나간 뒤 불 꺼진 심지가 읊조리는 메케하고 향기로운 기도 같은 것. 시절이 나를 당기듯 내가 시절을 당기듯 서로의 중력에 끌려 당신의 눈으로 내 세상을 어루만지는 날에는 계피빵을 굽는다. 부엌에 계피 냄새가 번지면 나는 할머니 방에서 살던 시간으로 돌아간다.

할머니는 향기 나는 것을 빌고 살았다. 만지고 나면 여운이 살갗에도 남는 것. 파, 계피, 기도, 털 스웨터, 연기 같은 것. 그래서 오래 만지고 있으면 눈이 매워 오는 것. 할머니는 방에 그 향기들을 다 데리고 살았다. 기도할 때 켜는 초가 줄어들 때마다 묵주의 알이 닳을 때마다 향기는 당신 손에서 자랐다. 할머니가 방에서 나가신 뒤에 온기가 남아 있는 묵주를 코에 부비면 당신 냄새가 나고 마음에 내용을 알 수 없는 기도가 스몄다.

집에 어른이 계시면 손님들이 달콤한 걸 사 들고 왔다. 그중 하나가 〈종합 과일 맛 사탕〉인데 큰 봉지에 사과, 포도, 딸기, 오렌지, 계피 사탕이 고루 섞여 있었다. 할머니는 내게 뭐든지 다 먹으라고 봉지째 주셨는데 계피는 무슨 과일일까 궁금해 입에 넣었다가 홀랑 뱉었다. 윽! 매워! 계피는 과일이 아니라 나무껍질이라고 했다. 나무껍질이 어째서 과일 맛 사탕 봉지 안에 당당히 자리를 차지하고 있는 건지. 과일인 척하는 나무껍질이라니! 나의 첫 계피, 할머니는 내가 뱉은 걸 당신 입에 넣었다.

어릴 적 나와 달리 아이는 계피를 좋아한다. 계피빵을 굽는 아침엔 아이가 나른한 미소를 지으며 일어난다. 그 얼굴에서 음~하는 입꼬리 긴소리가 보인다. 진저리

치며 계피 사탕만 골라 당신 서랍에 넣던 나는 언제부터
계피를 좋아하게 되었을까. 속으로 울 줄 알게 되면서였
을까. 냄새가 왔다 가는 순간처럼 노을이 시작되는 순간
처럼 알 수가 없다. 나와는 달리 어린 딸이 계피를 좋아
하는 이유도 알 수가 없다. 신비로운 건 바라보는 것 말
고는 할 수 있는 게 없다. 그런 이어짐은 그저 나도 모르
게 이루어진 기도 같아서.

　이제 계피빵을 마저 구워야 할 시간이다.

　밀가루처럼 하얀 기억은 발소리도 없이 오지
　새벽은 너무 많은 귀를 가졌으니
　잘 다려 개켜놓은 고요 한 장 꺼내어 앞에 둘러요
　수피즘을 노래하던 연금술사가 넣은 게 이스트였을까
　몇 번 못 입어 끝끝내 하얗고 포근했던 당신의 스웨터
위에 이스트를 녹여요.
　다디단 아이의 숨 냄새 걷어와 밤새 별처럼 돋은 상념
을 오도독오도독 부수어 넣고
　아! 사십 년 전 서랍에 넣어 둔 계피 맛 사탕을 꺼내야죠
　180도에서는 그리운 얼굴이 예쁘게 부풀어요

보드란 어스름이 젖은 꽃의 머리칼 어루만지면 계피 향
꿈을 꾸는 아이는 키가 크고요. 나는 무럭무럭 나이 들고요
눅눅한 시절 건너는 법을 배워요.

Sweet Ball

형체 없는 아름다움에 대한 갈증은 특별한 장르가 줄 수 있는 고유한 즐거움이자 괴로움이다. 4년의 음악 공부가 내게 남긴 것이라면 이것뿐이었다. 음악이 아닌 것에서 생겨남과 동시에 사라지는 그것을 차라리 꿈이라 불러야 할까. 음대 졸업 후 긴 꿈에서 깬 듯 내 음악 노트는 비어있었다. 수학을 내려놓고 쉴 틈 없이 음악을 찾아 헤매었지만 나는 여전히 빈손이었다. 나는 예술에 발끝도 미치지 못한 채 음악을 만나기 전보다 더 깊은 허기로 지쳐있었다. 지운 뒤에도 남아 있는 연필 자국처럼 포니테일을 흔들며 줄줄이 노트를 떠나는 음표들을 상상했다. 잘 지내, 잘 가, 인사도

없이. 나는 음악이 사라진 빈 노트의 오선을 끊고 가방을
쌌다.

2002년 8월, 나는 런던에 있었다. 음대를 막 졸업
하고 50만 원이 채 안 되는 비상임 시립합창단 급여를
받고 있을 때였다. 생각해 보면 그동안 기록할 만한 사건
들은 대부분 충동적인(물론 나도 의식하지 못한 채 직관
이 작동했겠지만) 선택에서 비롯된 것이었다. 이 여행으
로 나는 충동이라는 단어를 한 번 더 사용하게 될 것이었
다. 내 의식과 무의식의 언저리 어딘가에 이런 방식의 여
행이 대기 중이었다고 해도 이것은 다분히 충동적인 결
정이었다. 다음 달 생활비까지 긁어, 환불 불가(이 경고
는 짜릿하기도 하지!) 비행기 티켓에 손가락 하나를 딸
깍 눌러 런던에 있게 된 것이다.
    이곳에 일주일을 머물기 위해 한국인이 운영한다는
민박집을 예약했다. 그곳은 아마도 런던에서 가장 저렴
한 숙소였을 것이다. 최소한 한국인에게는 그랬다. 민박
집의 하룻밤 숙박료는 한국 담배 한 보루, 주인은 그걸
받아 비싼 값에 되파는 듯했다. 여행 정보에 위험 구간이

라고 표기된 지하철역에서 내려 15분 정도 골목을 걸어 들어가니 민박집이 있었다. 나는 문을 두드리고 담배 다섯 보루가 든 봉투를 인터폰 카메라에 들어 보였다. 삐 소리를 내며 잠금장치가 풀렸다.

런던의 물가는 가난한 여행객을 주눅이 들게 하기에 충분했지만, 대부분 박물관이 무료였기 때문에 더없이 만족스러운 날들을 보냈다. 나는 매일 담배 한 보루만큼의 밤을 보내고 트라팔가 광장의 내셔널 갤러리에서 하루를 시작했다. 모네의 〈수련〉 앞에 앉아서 안개가 흩어놓은 물소리를 듣다가 어느 날은 고흐의 〈삼나무가 있는 밀밭〉에 앉아서 오전을 다 보냈다. 고흐가 정신병원에 있을 때 완성했다는 작품이었는데 밀밭은 전신을 비틀며 아름다운 춤을 추고 있었다. 나는 그림을 바라보다가 문득 마에스트로 크리스토프 에셴바흐를 떠올렸다. 전쟁에서 부모를 잃고 난민수용소에서 실어증을 얻게 된 피아니스트. 전쟁의 참혹함과 열병은 어린 고아에게서 말을 앗아갔고 전쟁이 끝난 뒤에 그는 스스로 말을 버렸다. 그것이 세상이 준 크나큰 고통으로부터 자신을 지키는 벽이었을 것이다. 그 견고한 벽을 조금씩 헐게 한 것은 작은 망치였다. 88개의 작은 망치로 만든 악기 피아노, 음악은 그렇게 고유한 울림의 방식으로 벽에 균열을 만들었다. 흔들리는 고흐의 그림을 볼 때마다 오랜 흉터를 허물며 같이 무너지고 세워졌을 에셴바흐의 내면이 겹쳐 보였다. 그들은 귀와 입을 봉인하고 음악을 그렸구나. 나는 삼나무 아래에서 에셴바흐의 음악과 내게서 떠난 음악을 더듬으며 밀밭의 물결에 같이 흔들렸다.

밥을 굶더라도 영국엔 꼭 가야 한다고 자신을 설득한 또 하나의 이유가 있다. 영국에는 옥스퍼드가 있고 그곳에 보드레이안 도서관이 있었다. 나는 그곳 마호가니 서가에 앉아 엽서를 한 장 쓰고 책 냄새를 맡아볼 것이다. 옥스퍼드 일정이 잡혀있던 영국 체류 마지막 날에 비가 내렸다. 영국 화폐가 거의 남아 있지 않았기 때문에 식빵이라도 살 생각으로 슈퍼마켓에 들렀다. 거기에 익숙한 모습의 빵이 있었다. 우리나라에 동네 점방에서 파는 방울 빵이 Sweet ball이라는 이름으로 진열되어 있었다. 싸고 양이 많지만 딱 그만큼의 맛을 가진 빵, 그러나 내 주머니 사정과 맞출 수 있는 빵이 있으니 얼마나 다행인가. 슈퍼마켓 밖으로 나오니 처마 아래 노숙자가 같은 빵을 먹고 있다. 저 사람이나 나나 이곳에 집이 없기는 마찬가지. 홈리스끼리 같은 빵을 먹다가 눈이 마주쳤다. 몇 개 먹다가 어쩐지 목이 메 대충 배낭에 구겨 넣고 옥스퍼드행 버스를 탔다.

비꽃이 듣기 시작해 동그란 파문이 이는 옥스퍼드의 연못에 오리가 조용히 금을 긋고 있었다. 우비를 꺼내어 입고 서둘러 도서관으로 갔다. 그런데 도서관은 보수 공사로 당분간 폐관한다는 종이 한 장만이 붙은 채 단단히 잠겨 있었다. 잠시 뭘 해야 할지 몰라 멍하게 서 있는 동안 나는 진짜 홈리스가 되고 말았다. 갈 곳이 없었다. 터덜터덜 걷다 오르막길 끄트머리까지 올라갔다. 벤치에 얼마나 앉아 있었을까. 그제야 들렸다. 우비를 노크하는 음표들, 장난스러운 빗방울 연주. 세상은 참으로 이상하지. 비었다는 사실 마저 비었을 때 음악이 오다니. 음악은 오선 밖에 있었다. 바람이 한숨이 빗방울이 뒷모습이 모두 저마다의 소리로 연주되었다. 그제야 배에서 꼬르륵 소리가 났다. 문득 아까 산 빵을 떠올리고는 가방에서 봉지를 꺼냈다. 정신이 반쯤 나가서인지 손에 힘이 빠져서인지 나는 그만 빵 봉지를 떨어뜨리고 말았다. 앗! 열린 아가리에서 동그란 방울들이 노트를 떠나는 음표들처럼 신나게 달려 나왔다. 야호!! 바깥세상이다! 외치면서 비탈길을 신나게 굴러간다. 나도 모르게 데굴데굴 달리는 방울들을 쫓아 달렸다. 달리는 속도에 우비는 벗겨지고 얼굴에 쏟아지는 음표들.

어둑해진 길 건너 크라이스트 처치 창에서는 귤색 빛이 새어 나오고 있다. 아니 새어 나오던 것은 빛이 아니라 음악이었다. 가까이 가자, 창틈으로 교회 내부가 보이고 소규모 실내악 연주 속에서 맑은 목소리가 들려왔다. 17세기 교회에서 노래했던 소년의 목소리를 가진 소프라노, 음대에 막 들어갔을 때 음반을 구해 듣고 공부하던 바로크 가수 엠마 커크비가 거기에 있었다. 내가 창에 바짝 다가서자, 누군가 창문을 열어 주었다. 가난한 여행자의 창밖 객석에는 비가 후둑거리고 빈 오선 위에서 음악은 다시 시작되었다.

나의 사랑하는 플라타너스
아름답고 부드러운 무성한 잎이여,

그대를 위해 운명은 반짝인다.

천둥, 번개, 태풍이라 할지라도

그대의 아늑한 평화를 범하지 말라,

사나운 갈바람(南風)도 다가와 그대를 욕하지 말라.

그립고 사랑스러운

나무 그늘도,

지난날 이렇듯

아늑하지는 않았다. ∞

∞ 젖은 거리에 귤색으로 파문을 만들던 노래는 'Ombra mai fu (그리운 나
무 그늘이여)' 헨델 오페라 <세르세>, 번역 ,내 마음의 아리아, 안동림

반미 Sài Gòn Baguette

나는 8차선과 8차선이 교차
하는 호치민의 큰 사거리에 서 있었다. 밤에 도착해 몇
시간을 겨우 자고 나와 근처에 있는 재래시장에 가던 참
이었다. 복잡한 일들을 남겨두고 도망치듯 날아온 곳, 여
행을 마치고 돌아가면 무채색의 마음이 조금 생기를 찾
기 바라며 바다를 건너왔던가. 다 접어두고 이곳에 오면
꼭 먹고 싶은 것이 있었는데 베트남의 대표적인 빵, 반미
(베트남식 쌀 바게트)다. 누룽지 향이 나는 껍질을 바사
삭 부수어 김이 살살 나는 하얀 속살과 같이 한 입 먹으
면 세상 근심이 다 사라질 것 같았다. 베트남에서 꼭 반
미를 먹어야지, 얼마나 다짐했는지 새벽에 눈을 뜨자마

자 사러 나온 것이다. 길 건너에 갓 구운 반미가 있다.

신호가 바뀌어 건너려고 하자 네거리에서 차와 오
토바이가 동시에 달려 나왔다. 신호는 분명히 한 곳에만
켜졌을 것인데 묘한 무늬를 이루면서 모두가 움직이고
있었다. 게다가 그 거대한 그물 속에서 사람들은 아슬아
슬하게 횡단보도를 건넜다. 건너는 사람들 사이로 차와
오토바이가 지나갔다. 다시 신호가 바뀌자, 잠시 움츠렸
다가 네 방향에서 움직이는 차와 사람들, 얽히면서도 부
딪히지 않고 모두가 길을 갔다. 다른 세계에서 온 방문자
처럼 나 하나가 움직이지 않은 채 서 있었다. 어쩜 이럴
수가 있지? 배는 아까부터 꼬르륵거리고 마음은 부글거
리기 시작했으나 그 혼돈이 일상인 듯 엉망으로 뒤섞인
그곳에 화를 내는 사람은 아무도 없었다. 그런데 이 기시
감은 뭐지? 불이 켜진 하나의 길과 그걸 의식한 채 온 사
방에서 움직이는 실타래, 우습고도 익숙한.

나는 꽤 오래전, 자잘한 마음의 그물을 벗고 더 고
요한 곳에 닿기 위해 멘토 신부님의 도움을 받았다. 명

상 수련으로 내면을 들여다본 시간, 하얀 화선지에 하나
의 빛이 정갈하게 펼쳐지기만을 언제나 바랐으나 그런
바람을 갖는 순간 온갖 소음과 잔뿌리가 뻗어 나와 얽혔
다. 정좌하고 눈을 감으면 늘 이런 교차로가 펼쳐졌다.
사거리 어디선가 바게트 껍질 부서지는 소리가 들려오는
것 같아 나는 모처럼 웃었다. 살아있는 정원에서는 언제
나 풀이 자란다는 것, 그 안에서 향기로운 풀을 만나 웃
었다면 기적이라는 것, 그 모든 실패 안으로 끝까지 걷
다 보면 내면의 대답을 듣는 순간이 찾아온다는 것. 이것
이 12년의 명상 수련으로 겨우 알게 된 것이다. 내일이
면 더 나아질까, 하는 질문에는 늘 다른 내일이, 길 건너
에는 또 다른 길 건너만이 있을 것이었다. 조금의 평안이
있을 줄 알고 떠나온 길에는 대답 대신 여전한 내가 있었
다. 기분 좋은 허기가 느껴졌다. 삶의 해답이 더 이상 길
건너에 있지 않았으므로 나는 마침내 그물 같은 길 위로
발을 내디뎠다. 갓 구운 반미는 있으니까.

달
빵

　나는 왼손잡이로 태어났다. 지금은 많이 옅어졌지만 70년대의 왼손잡이는 반드시 교정해야 할 대상이었다. 오른손만이 바른 손이었으니 어른들은 왼쪽에서 싹이 돋을 때마다 열심히 문질렀다. 거대한 지우개로 지우듯 싹싹. 그렇게 자라면서 한때 왼손잡이였다는 사실조차 희미해졌다. 그러나 그런 세상의 노력에도 불구하고 남아 있는 왼쪽의 습관 때문에 나는 일찍이 홀로 지내는 법을 알게 되었다. 발도 왼발잡이라 고무줄놀이의 팀이 될 수 없었다. 여럿이 서서 군무를 추듯 넘고 밟고 당기는 그 재미있는 놀이를 함께 할 수 없다는 것, 방향이 다르다는 것은 아마도 내가 최초로 경험

한 벽이었을 것이다. 무리 속에서 홀로 바라본 왼쪽, 외로운 방향을 왼쪽이라 하자. 나를 외롭게 만든 그 방향엔 늘 책이 있고 달이 있었다.

자라면서 나는 종종 달 속에 숨었다. 낮의 그림자보다 아늑한 곳, 달은 그 빛 속에 부드러운 어둠을 머금고 있어 곳곳을 적시듯 비추면서도 어둠은 어둠답게 둘뿐 들추는 법이 없었다. 달은 아무리 빛나도 다치지 않고 그 깊이로 걸어 들어갈 수 있다. 어둠을 둥글게 채우고 있는 달의 그림자는 나의 왼쪽이었을까.

가끔 달을 보러 안동에 간다. 그곳엔 '달그림자'라는 이름의 다리가 있어 나무 난간에 기대어 흔들리는 달그림자를 보다가 온다. 물결에 잘게 부서지며 어룽지는 달그림자를 보고 있으면 달은 수면을 날고 있는 반딧불 한 무리 같다. 달을 보겠다고 혼자 두어 시간을 운전하거나 캄캄한 새벽하늘을 어슬렁거리기 시작할 무렵 나는 다시 왼손을 쓰기 시작했다.

왼손으로 젓가락질을 하면 영락없이 밥풀을 흘리지만, 알면서도 저지레하는 아이처럼 기분 좋은 말썽꾸러기가 된다. 밥풀과 덩달아 머쓱한 웃음을 흘리듯 왼손을 쓸 때마다 쫀득한 물음도 자꾸 흘려본다. 그 물음들은 옳음과 쓸모의 경계 너머로 떨어진 밥풀이다. 그러나 나의 왼손이여, 물음에 답하기만은 즐겁게 실패하기를.

왼손으로 먹물을 찍어 달을 그리니 손이 흔들리며 물결에 어룽지는 달그림자가 되었다. 어쩌면 내가 정녕 그리고 싶은 것은 달그림자였을까. 달을 그리려다 그려진 달그림자처럼 어줍은 젓가락에서 떨어져 웃는 밥풀처럼, 왼손이여, 나를 흔들기를.

이제 나는 왼손으로 빵을 빚는다. 달처럼 말갛고 동그란 밀알. 주머니에서 오래 만져 윤이 도는 돌멩이처럼 나의 왼손은 내가 숨겨둔 달이다.

당신은 모른다. 내가 가끔 왼손으로 당신 손을 잡는 이유를.

당신이
별가루로
얼룩진 쿠키를
받는다면

쿠키 표면에 떠오른 하얀 별무늬, 막내 제빵사가 구워놓은 쿠키를 보고 있다. 아마 이 녀석은 설탕이 다 녹지 않았다는 걸 알면서도 눈에 보이지 않으니 그냥 구웠을 것이다. 구우면 다 똑같겠지, 하는 마음이었을 것이고 쿠키는 그 마음의 작동을 색연필로 별을 찍듯이 그대로 그려놓았다. 반죽 만지는 일을 하다 보면 보이는 것보다 보이지 않는 것이 중요할 때가 많다. 특히 쿠키 반죽은 손끝의 감각으로 설탕 결정의 크기를 확인해야 한다. 나의 설명을 듣더니 막내는 당황했는지 허둥거리다가 비밀을 폭로한 쿠키를 입에 넣어버렸다. 막내야, 우리 이 고자질쟁이 쿠키를 다 먹어버리자.

뱃속으로 증거를 없애버리자! 나도 쿠키 하나를 입에 넣는다. 그러나 아직도 아흔아홉 개가 남아 반짝이고 있다. 녹여버리지 못한 마음의 조각들이 설탕 결정처럼 살그락거리는, 결코 완성이 불가능한 반죽들끼리 낄낄 웃으며 수북이 쌓인 증거를 먹어 치우는 중이다. 나를 쿠키로 굽는다면 얼마나 많은 별이 반짝일 것인가.

나는 문득, 별이 뜬 이 쿠키를 당신에게 보내고 싶다. 쿠키가 입에서 부서질 때 별이 부서지는 소리는 당신 귀에만 크게 들리겠지. 이명처럼, 웅웅 위잉거리며 당신에게 비밀스러운 말을 전할지도 모르니까.

'. . .언젠가 길에서 당신과 마주하고 있을 때 건네지 못한 말들이 녹지 않은 설탕 결정으로 남아 이 거리를 흐르고 있습니다. 부대끼고 치대는 나날 속에도 그 말의 결정들은 모서리만 조금 깎인 채 기어이 남아 서걱대는데요. 혈관을 흐르는 투명한 조각들, 나는 어쩔 수 없이 까끌까끌한 이 마음의 결정체들을 안고 살아가겠지요. 어느 날 그 말들이 별자리처럼 하얗게 이를 드러내며 웃

으면 부디 자비를 베풀어 주세요. 모르지 않았지만 끝내
모른 척했던 조각들을 어금니에 넣고 부수어 주세요. 기
어이 닿지 않을, 몇 광년이나 도착하고 있는지 모를 부서
진 별의 가루를 바라보며 소원을 비는 당신에게

　　별이 돋은 이 쿠키를 보냅니다.'

4부

공전하는 것은
결국
돌아오니까

불두화
佛頭花

어린 시절 내 기도는 그게 어디든 할머니가 합장하는 옆에 앉아 두 손을 모으는 것이었다. 할머니가 대웅전 바닥에 이마를 대면 나도 마룻바닥에 이마를 대었고 미사 보를 쓰면 나도 미사 보를 썼다. '넌 불교적 가톨릭 신자냐?!' 다 자라서 누군가 농담을 한 적 있는데 그 시절을 돌아보니 아주 틀린 말도 아니다. 좀 더 정확히 말하면 나의 종교는 무한한 마음, 할머니였다.

초등학교를 졸업할 때까지 할머니를 따라 사찰에 갔다. 산 중턱까지 돌계단을 오르는 일이 꽤 벅찼지만, 공중에 넓게 열린 인절미 색 마당을 밟으면 마음이 포슬

포슬해졌다. 할머니가 기도를 마치고 공양을 준비하는 동안 나는 나무 작대기로 근처 숲길을 헤집고 다니면서 도토리나 돌멩이 따위를 주웠다. 그러다가 무료해지면 돌탑에 떨어진 새똥을 긁다가 빈 암자에 누워 창호지로 새어드는 젖빛 햇살을 덮고 낮잠을 잤다. 그날도 꽤 괜찮은 작대기를 하나 찾아들고 암자에 올라갔는데 댓돌에 신발이 있었다. 문을 빼꼼히 열어 보니 사람은 없고 짐가방만 놓여 있었다. 한동안 암자를 차지하긴 글렀구나.

주방에서 암자에 든 손님 이야기가 오가는데 마당 건너 돌탑에 그림자를 기대고 있는 한 아이가 보였다. 하얀 아이. 햇살이 한 포대 쏟아진 마당보다 비에 씻긴 돌탑보다 하얀 남자아이가 서 있었다. 나보다 몇 살은 더 되어 보이는 그 아이는 한눈에 보아도 병색이 짙었다. 나는 괜히 이리저리 맴돌다가 멀찍이서 안녕, 하고 인사를 건넸다. 아이는 내 얼굴을 물끄러미 보다가 아무 말 없이 그냥 뒤돌아 간다. 어라, 체! 인사하지 말걸. 스님이 얼마나 잘 쓸어놨는지 마당엔 걷어찰 작은 돌멩이 하나가 없다. 집에 돌아가는 나를 스님이 불렀다. 잘 해줘라. 말을 잃었다는구나. 아까 나를 보던 하얀 얼굴이 떠올랐다.

절에 오르는 가방은 전보다 조금 묵직해졌다. 건너 마루에 그 아이가 보였다. 나는 마루 반대쪽 끝에 걸터앉아 가져간 공책에 '영인' 두 글자를 써서 그 아이 쪽으로 쓱 밀었다. 내 이름이야. 둘레가 빛나고 어진 사람이란 뜻이래. 할머니가 지어주셨어. 아인 공책을 자기 쪽으로 당기더니 뭔가를 써서 내게 건넸다. 민, 가을 하늘.

돌계단을 오를 때마다 나는 책을 한 권씩 가지고 갔다. 같이 책을 보다가 지루해지면 작대기를 하나씩 들고 숲으로 들어갔다. 도토리랑 돌탑을 숨겨둔 비밀 아지트에서 실컷 놀다 돌아오면 아무도 없는 경내 마루에 둘이 방석을 깔고 누웠다. "마루에서는 왜 연필 깎는 냄새가 날까?" 혼자 말하고 둘이 들었다. 마루 틈새로 숲속 바람 냄새와 오래 배인 백단향이 피어올랐다. 창밖에 가을이 깊이 와 있었다.

그 가을 나는 어느 때보다 경당을 열심히 드나들며 마루에 무릎과 이마를 대었다. 기도가 무언지 모르지만, 기도하고 일어나면 무릎에 불두화가 불룩이 피어있었다. 헛꽃일지언정 무릎에 꽃숭어리를 달고 걷는 사람들, 간절한 사람들은 다 그랬다.

깔끔이 스님의 잦은 빗자루질에도 마당은 금세 낙엽으로 가득 찼다. 민이랑 나는 마루에 나란히 앉아 낙엽이 뒹구는 걸 구경했다. 괜찮아? 민이는 대답 대신 나를 보고 웃었다. 허공에 기대는 기도처럼 헛꽃처럼 가을은 빈방에 작대기 하나를 기대어 놓고 떠났지만, 아직도 어딘가에선 간절한 이들의 무릎에 불두화가 피고 또 폭설처럼 질 것이다. 가을은 그렇게 가는 것이면서 언제나 오는 것이었다.

소원

이윽고 하나의 싶다, 만이 그에게 남아 있었다. 다 치운 밥상에 남은 찬밥 한 덩이처럼 방에 앉아 그는 모든 싶다, 가 빠져나가는 것을 무기력하게 지켜보았다. 하고 싶은 것들이 하나하나 빠져나가는 동안 그는 방안의 짐을 빼고 냉장고의 음식을 빼고 숨을 빼고 기억을 뺐다. 깊은 곳에서 희미한 빛이 움직이는 것 같기도 했으나 잡을 틈 없이 아주 잠시 머물다 사라졌다. 하나의 싶다, 는 겨울이 번지는 속도로 방안을 깊숙이 차지했다.

지난 일들은 그가 삼킨 한 움큼의 낚싯바늘이었다. 어둠으로 방이 텅 비면 낚싯줄을 하나하나 당겨 곁에 다가온 유일한 싶다, 에게 그의 잘못들을 들려주었다. 아픔이 보속은 아니었으므로 바늘은 꺼내어지지 않았다. 문 앞에서 가끔 소리가 들렸다. 노크가 아니라 문에 등을 기대고 앉아 있다가는 소리였다. 차마 부르지 못하는 사람이 올 수 있는 가장 가까운 곳, 닫힌 문에 등을 기대다 가는 이를 생각하다가 밤과 낮, 낮과 밤이 오고 갔다. 소리는 꿈 같았다.

냉장고는 텅 비어있었다. 다만 냉동실에 몇 년 전에 만든 잼 한 병만이 남아 있었다. 왜 남겼을까. 열매를 하나하나 따고 씻고 끓여 만든 잼에는 그해 여름이 졸여져 담겨 있었다. 한 손에 나무 주걱을 들고 저으며 한 손으로는 시집을 들고 읽다가 잼이 튀면 앗 뜨거워, 놀라며 만든 잼, 멈춰진 잼이 거기에 있었다. 하나의 싶다, 가 그를 깊이 감싸면 그는 일어나 냉동실 문을 열었다. 냉동실에서 흘러내리는 흰 냉기는 그가 만나는 유일한 빛이었다. 냉기에 휩싸인 한낱 잼이, 얼어붙은 기억 하나가 거기에 있었다.

문 앞에서 다시 소리가 들렸다. 문틈으로 종이 하나가 접혀 밀려와 있었다. 종이를 펼쳐 한참을 바라본 그

는 냉동실 문을 열었다. 있는 힘을 다해 오래 곁을 지키
던 싶다, 를 그곳에 넣고 유일하게 남아 있던 한 병의 잼
을 꺼내어 품에 안았다. 그리고 오래 닫혀 있던 문을 열
었다.

'내 소원은
엄마가 웃는 것.'

기
체
엄
마

사과 씹는 소리가 음악이라
고 생각해 본 적 있어? 네가 무심코 중얼거린 말에 나는
비행기가 막 다른 공기층으로 넘어갈 때처럼 귀가 멍해
진다. 나는 사과를 하나 들어 길고 길게 붉은 현을 드리
우고 너는 삭사그락 사각사각 즉흥곡을 지었다. 발그레
한 박자를 다람쥐처럼 볼 안에 굴리면서. 틈만 나면 꼭
안아서 몸 안에 있는 피아노 건반을 눌러 달라는 너를 바
라보다가 일요일이 다 간다. — *다섯 살 샘이와의 일요일*

스무 살 이후로 일을 멈춘 적이 없었다. 굴러도 늘
제자리인 쳇바퀴를 나는 여러 개 갖고 있었고 개고생 배

틀, 이라는 요즘 말처럼 그걸 자랑으로 여기던 시절이었다. 먹고 사는 일과 아이를 저울질하는 철없는 마음이 왜 없었을까. 고작 입 두 개 채우는 일이었지만 그 오랜 제자리 행진을 멈추는 것은 무엇보다 큰 두려움이었다. 그럼에도 다시 용기를 낸 것은 결혼 10년 만이었다. 아이가 태어나던 날, 멈춘 바퀴에 융털 같은 연두가 돋기 시작했다.

엄마로 사는 것은 이끼만 한 연두가 숲을 이루는 걸 보는 일이었다. 잠든 얼굴을 아껴보면서 강아지처럼 한껏 낮춘 포복으로 1센티미터씩 다가가는 일, 넘어진 녀석이 스스로 털고 일어서기를 무심한 듯 연기하며 기다리는 일, 찢어진 이마를 붙들고 한밤을 맨발로 달리는 일, 뜨거운 몸을 물수건으로 닦다가 이마를 맞대고 쪽잠에 드는 일, 내가 책을 읽으면 저도 따라 읽고 뭔가 적으면 옆에서 똑같이 적는 걸 보면서 못 본 척하는 일, 그러면서 소리 없이 환호하는 일. 폭우 속에서 함께 춤추는 걸 엄마가 겨우 배울 때쯤 아이는 날개를 펼쳐 숲을 떠난다.

연중무휴 직장에서 다시 일을 시작했다. 12시간의 긴 노동보다 힘든 것은 아이와 일요일을 함께 보내지 못한다는 것이었다. 껴안으면 음악이 나오는 아이를 두고 집을 나설 땐 발바닥에 철근이 매달린다. 늦은 밤 직장에서 돌아오면 아이는 단단하게 부은 다리를 주물러주었다. 그 작은 손길에 뜨거운 마음을 정리할 새도 없이 나는 잠이 들었다. 어느 날 아이의 노트에서 기체 엄마, 라는 시를 보았다. 아이는 어느새 홀로 서고 있었다.

엄마는 기체
좋은 냄새 나는
기체는 돌아봐도 냄새
봐도 아무도 없네

- 한샘 <기체 엄마> 전문

나는 매일 냄새만을 아이 곁에 남겨두고 집을 나선다. 그 길에서 다시 아이와 보내는 게으른 일요일을 상상

한다. 책이 쌓이고 커피는 식어가고 사각사각 사과가 노래하는 아침을 꿈꾼다. 그러나 '사랑하는 것들은 어두워져서야 이부자리에 팔과 다리를 섞을 수 있다고 모든 아침은 우리에게 말'하는 걸까. 하루는 길면서도 금세 저문다. 저녁에 잠시 식료품 창고 앞에 나와 숨을 고르는데, 핸드폰에 지인이 보낸 시 한 편이 도착해 있다. "엄마, 천천히 가요. [∞]" 첫 문장을 읽고 팔을 늘어뜨린 채 얼굴에 노을을 받는다. 삼킨 노을이 복장에 고인다.

∞ 나희덕

빛
칼

하나에 빠지면 깊이 매몰되는 나는 자주 넘어지거나 다쳤고 몸에 다양한 흔적을 갖게 되었다. 혼자 있을 때 자세히 들여다보기도 하는데 그것은 몸을 긋고 간 것들의 성질을 그대로 담고 있다. 칼에 베인 곳은 매끈하게 반짝이는 흔적을, 불이 지난 곳은 검은 화구의 색과 불꽃의 모양을 남겼다. 단지 부주의로 다친 것들이 대부분인데도 나는 몸에 적힌 흔적에 특별한 이야기를 만들어 낸다. 그러면 밉던 흉터들은 몇 번의 이사에도 서가에 꽂혀있는 책처럼 소장할 이유를 갖게 된다. 어떤 순간은 쉬지 않는 필경사여서 시간이 지나도 아물지 않고 아직도 내 몸에 이야기를 새겨 넣고 있다.

일터에서 무심코 주방 뒷문을 열고 나가다 발목이 잡힌 날이 있었다. 문 앞에 거대한 칼이 날을 세우고 있었다. 그것은 앞 건물 유리창에 반사된 빛이었는데 뭔가를 빨아들이는 허공이면서 잘 제련된 금속 날처럼 보였다. 나는 구부정히 밀가루 포대를 옆구리에 끼고 서서 빛칼, 이라는 입말을 삼켰다. 협박이 쏟아져 내리는 뒷주방. 얼마나 그렇게 서 있었을까? 저것을 지나지 않고는 건물을 나설 수가 없었으므로 결단을 내리기로 한다. 저 칼날에 나를 던지면 터진 동맥처럼 뭔가 뿜어져 나올까? 너는 무엇을 베어본 적 있니? 눈이 멀게 한 적 있니? 누구를 수인으로 가둔 적 있니? 나는 일부러 빛을 오독한다.

그 무렵 나는 쓰는 사람이 되기로 했다. 내가 쓴 것들은 설거지하다 베인 손가락이나 빵을 굽다 데인 흉터에 가깝다. 그러나 부끄러워하면서 나는 쓴다. 내가 쓴 글을 매만지다 얼굴이 붉어지는 날에는 빛칼을 만났던 오후의 주방을 생각한다. 400실이 넘는 호텔이 있고 창문 없는 뷔페식당과 빵집과 새벽까지 비틀거리는 막창집이 있는 건물에서 떨어진 빛 조각 하나. 어정쩡한 삶에 어떤 결의를 하고자 일부러 남긴 흉터. 그날 나는 아물지 않는 하나의 기호를 만들어 내었을지 모른다. 그러나 한낮의 빛이 어둠의 깊이를 어떻게 알랴.[∞] 밤이 오는 줄 모르는 건물은 여전히 활기찬 어둠으로 가득하다.

∞ 니체

Limit

내가 기억하는 마지막 수학 강의는 해석학이다. 해석학은 한없이 00 하면 어떻게 될까, 극한을 연구하는 학문이다. 이를테면 이런 문제, '0.9999... 는 1입니까?' 당신은 1을 향해 한없이 달리는 기차에 타 있다. 9를 건너면 또 하나의 9가 놓이는 철로 위를 기차는 달린다. 기차가 영원히 멈추지 않는다면 당신은 1에 도착하게 될까?

그동안 수학의 매력이 뭐냐는 질문을 많이 받았지만, 한 번도 제대로 대답하지 못했다. 사실 대학에서 전공으로서 수학을 공부할 때 나는 같은 과 친구들과는 조금 다른 시선을 갖고 있었던 것 같다. 문제의 풀이보다 숫자를 비롯한 수식에서 기이한 아름다움을 읽었다. 0, 1, Σ, $\cup$, $\therefore$, ∂, $\varnothing$, $\int$, ∞ 단세포 우주 생물 같은 수학의 단어들. 오일러, 가우스, 피타고라스는 수학자이자 철학자이며 예술가였다. 영원이라는 엄청난 단어를 각각의 세계는 어떻게 감당할까? 문학은? 음악은? 철학은? 어쩌면 에둘러 온 나의 길도 이 질문에 대한 선로를 찾는 여정에 다름 아니었을 것이다.

다시 영(0)에서 원(1)까지 아직도 한 곳을 향해 달리고 있을 기차를 생각하며 칠판에 적힌 수식을 문장으로 바꾸어 본다. 무한한 마음은 결국 도착하게 될까? 나는 이제 와 그 질문을 대하는 수학의 정색한 얼굴을 본다. 수학은 영원이라는 단어를 1위에 무심히 올려놓는다. 그리고 당신이 끝없는 방향을 가졌다면 그건 곧 도착이라고 말한다. '1' 오직 한 단어로. '1'은 영원에 관한 세상에서 가장 짧은 시였다. $0.9999\ldots = 1$

무한히 한 곳을 향해 가는 사람, 대책 없는 로맨티스트도 수학의 얼굴을 하면 단정하고 우아해진다. 수학은 형용사 없이 심장 박동도 없이 쓰는 아름다운 거짓말, 선명한 얼음 화살이니까.

저 짧은 수식으로부터 사방으로 햇살이 튀던 날을 기억한다. 그날 나는 해석학 강의실에 앉아 두 개의 선로가 하나의 소실점으로 만나듯 사라지는 것을 상상하다 강의실 창문을 넘어 달렸다. 1998년 봄.

파
이
π

적당한 각도의 입꼬리와 눈꼬리를 제작한다
적당한 온도의 표정과 자세를 배치한다
적당한 비율의 높임말과 반말을 섞는다
이 비율이 지켜져야 완벽한 거리가 건축된다
거리란 한발 다가오면 한발 비켜서야 유지되는 것
완벽한 거리를 완벽하게 그리려고 산
컴퍼스를 잃어버리고 잃어버리고 자꾸 잃어버리고
자기 가슴에 못을 박고 제자리를 맴도는 여자

허
수
i

                    n개의 질문엔 n개의 답이 있다는 걸 데카르트가 말하기 전까지 방정식에서 이해할 수 없는 답이 나오면 사람들은 답이 없다는 결론을 내렸다. 그 얘기는 데카르트 이전에도 이후에도 유효해서 이 세상엔 여전히 답이 없다고 밀어 두는 일이 얼마나 많은지. 이를테면 제곱했는데 음수가 나오는 것, 허수. 거듭해도 마이너스가 되어버리는 일 같은 것인데 한때 차라리 없는 게 나을 것 같았던 시간이 내게도 있었다. '상상의 수'라는 허수의 별명처럼 그냥 상상 속에서만 있었으면 싶은 것, 안 좋은 꿈 같은 시간이었다. 하고 또 하면 좀 나아져야 한다는 기대를 숫자도 저버릴 때가 있다

는 건 지친 인간에게 위로가 되었을 것이다. 그런 이유로 없다고 치부되던 수가 허수라는 이름을 갖게 되기까지는 1600년이 걸렸다. 모두 답이 없다고 할 때, 누군가는 1600년간 찾는 일을 했다는 거다. 지금도 쉽게 손에 쥐어지는 뻔한 결과물이나 전광판의 빛나는 광고문구가 허기의 구멍을 키운다는 걸 알면서도 모른 척하는 실없는 수들, 여전히 얇은 비닐 위에 얹혀진 것들. 그러나 어느 지붕 아래에서는 무용한 시들이 계속 쓰이고, 실험에 실패하는 과학자들이 절망하고, 구겨진 원고 더미들이 아래로 아래로 자란다.

오늘도 허방을 짚는 그대여, 이름을 갖기까지 1825년이 걸린 금속을 아는가. 이 땅에 가장 흔한 경금속, 여전히 선술집에서 고기 판에 깔리는 알루미늄가루가 불타는 힘이 우주로 로켓을 쏘아 올린다는 것, 거듭제곱에 음수가 되는 허수도 다시 거듭하면 어둠의 깊이만큼 높이가 된다는 것은 이제 당신과 나의 공식적 비밀이다. 쉿!

"Ready~~Action!"

발목의 희미한 실루엣은 제법 부어 있었고 의사의 손가락 끝에 작은 뼈가 하얗게 빛나고 있다. "여기, 다른 사람보다 뼈가 하나 더 있습니다. 엑스트라 본 Extra bone이라고 해요." 새로운 뼈의 존재를 얼떨결에 듣게 된 멍한 얼굴을 향해 의사는 친절한 설명을 덧붙였다. 그동안 잘 넘어졌던 것도, 걸으면 빨리 피곤했던 이유도 이 뼈 때문이라고 했다. 틀어지면서 평발로 변형되고 있는 발의 사진을 보니 자책하던 지난 세월이 억울했다. 그간 내 별명이 삼룡이, 덜랭이, 허당선비 아니었던가. 고모는 시장에서 내가 장바구니를

패대기치면서 넘어진 얘기를 세세히 하면서 아기를 낳아도 절대로 영인이에게 맡기면 안 된다고 사위에게 신신당부했다. 그날 장바구니가 터져 시장바닥에 감자가 뒹굴었다는 설명도 잊지 않았다. 넘어질 때마다 놀리던 이들을 모아 이 엑스레이 사진을 걸어 놓고 설명회라도 열고 싶은 심경이었다. 숱하게 넘어진 무릎을 흉터들이 별자리처럼 빼곡히 박혀 빛나고 있다. 내가 기나긴 흉터의 연보를 재방송으로 돌려보는 동안 의사의 나레이션이 이어졌다. "생각해 보세요. 환자 본인이 발을 조금씩 비틀면서 뼈에게 자리를 내어주고 있었어요. 뼈를 키운 셈이죠." 사진을 바라보는 눈동자에 흰 상현달이 맺혔다.

병원에서 하라는 대로 몇 가지 치료를 받고 돌아와 거실 한가운데 엑스레이 찍는 모양으로 벌렁 드러누웠다. 오늘에야 알게 된 일에 대해 생각하고 생각했다. 엑스트라의 존재와 그의 은밀한 행보를 45년간 몰랐으니, 그의 물밑 작업 아니 살 밑 작업에 나는 꼼짝없이 조종당한 감독이다. 게다가 내가 키운 뼈라니, 수십 년 만에 나타나 내가 당신 자식입네 하는 충격적 커밍아웃의 사태 아닌가. 터미네이터 이후 이제 어느 영화에서도 잘 쓰지 않는 촌스러운 시나리오였지만 등장인물은 괴로운 법이다. 게다가 실화잖아!

문득 같은 사람이 또 있을까 싶어 검색창을 열었다. 'Extra Bone'을 찾으니, 영문으로 된 의학저널 하나가 검색될 뿐이었다. 처음 보는 의학용어 번역을 빠르게 포기하고 아래로 이어진 예문과 사전적 정의를 훑어보았다.

Extra :

1. 특별한 2. 임시 3. 최상의 4. 매우 좋은.

포털 검색창에서 제시한 예문〉

She had a extra bone in the foot.

그녀는 여분의 뼈를 가졌다.

분명 예문의 bone 앞에 붙은 Extra는 여분이라는 의미일 것이다. 그러나 나는 '그녀는 특별한 뼈를 가졌다.'고 바꾸어 중얼거려 본다. 남에게는 없는 뼈이니 첫 번째 의미로 보아도 잘못된 해석은 아닐 것이다. 게다가 내 발걸음의 방향을 조금씩 바꾸고 있었다지 않은가. 이 엑스트라는 내 시나리오 안에서 더 이상 여분이나 임시 따위로 불러서는 아니 될 터였다. 부어오른 곳을 손으로 더듬자니 살구씨만 한 뼈가 만져진다. 나는 이 변방의 엑스트라를 '특별씨'라고 부르기로 했다. 누운 채로 오른쪽 다리를 번쩍 들어 외쳤다. "당신, 언제부터 거기에 있었냐구?!"

의사는 아무도 모른다고 했다. 갖고 태어났든지 어떤 순간에 작게 생겨난 건지 알 수가 없으나 언제부턴가 은근히 존재를 드러내며 나를 넘어뜨리고 불편하고 아프게 했다. 그리고 조금씩 방향을 이끌고 있었다. 특별씨의 음흉한 작태에 몸서리치다 정말로 내가 그의 존재를 몰랐는가, 되짚어 보았다. 징후는 분명했다. 다만 당신을 내 안에 자라게 해서는 안 되는 것이었기에 모른 척했다는 편이 옳을 것이다. 파리한 핏줄 아래로 도드라지며 시큰한 그곳에 뭐가 있다는 것을 어쩌면 어렴풋이 알았을지 모른다. 다만 이제야 그의 얼굴을 마주하며 고백을 받은 것이다. "나였소."

　'이젠 어떻게 해야 하죠?' 의사에게 한 질문인지 특별씨에게 한 질문인지 모르는 말이 입안에서 엎어졌다. 당신은 여전히 거기에 있고 나는 이제 당신의 존재를 마주했으니 뭘 어쩌겠는가. 속수무책의 껍데기에 임시 찜질이나 받고 돌아올밖에.

　내게는 뼈에도 의지가 있어 매일 조금씩 기울어지고 있다. 당신 쪽으로.

　"컷!!"

걷
다
보
니

숲길 바닥에 젖은 나비 한 마리가 앉아 있었다. 수술 후 몸의 힘을 조금씩 회복하던 어느 봄이었다. 작은 스침에도 상할 것 같은 얇은 날개를 무방비로 펼친 채 나비는 거기에 있었다. 갈림길 한가운데.

2년 넘게 시달린 빚 독촉과 우울증 끝에는 곁에 남은 것이 없었다. 남은 게 없다는 건 차라리 다행이었으나 내게는 견디기 어려운 내가 남아 있었다. 그럴 때마다 걸었다. 걷다 보니 빗발치던 전화도 사람이 끊기듯 서서히 끊겼다. 낮과 밤이 모두 깜깜할 때, 내가 무거워 숨이 찰 때 나는 그것들을 모두 외투 안에 여미고 걸었다. 걷다 보면 숨이 잦아들고 부유하던 생각들이 길섶으로 흩날렸다. 간혹 발아래로 잘게 부서지는 소리가 났다. 그것은 미세한 삶의 입자였던가 그림자였던가. 걸을 때마다 나를 앞서거나 따라오던 무채색의 사람, 그는 길게 늘어나 나보다 더 가벼워 보이는가 하면 짧아지고 뭉툭해져 무거워지기도 했다. 눈, 코, 입 없이 귀만 있는 사람, 그는 나와 함께 걸었다. 오직 듣기만 하면서 지평선에서 지평선으로.

'걷는다'는 흐르는 낱말이다. 어디선가 멈추지 않고 들려오는 물소리 같은 것. 물이 닿는 모든 걸 해치지 않고 껴안으며 가듯 길은 나를 재촉하는 법이 없었다. 흐르듯 걷다가 숨과 발이 하나가 되면 내가 걷는다는 사실도 사라졌다. 한때는 하루를 잘 열기 위해 새벽에 걸었고, 들뜬 마음을 다스리려 걸었고, 지난 몇 년간은 살기 위해 걸었다면 이제는 걷기 위해 걷는다. 그저 걷기만 하고자 발을 디뎌도 부스러기들이 따라붙지만, 그래도 걷다 보면 걷기만을 할 수 있게 된다. 나는 걷다가 내가 좋아하는 노승의 말을 자주 떠올린다. "Walk as if you are kissing the Earth with your feet." 당신의 발로 대지

에 입 맞추듯 걸으십시오. ∞

걷다 보니 길 위의 흔적들은 글이 되었다. 걷다 보니 글은 길이 되었다. 어쩌다가 여기까지 걸어 왔을까 신기한 마음으로 뒤돌아보기도 한다. 그 이야기는 아직 걷지 않은 길 위에 있을 것이다. 홀로 길을 나설 때면 갈림길 한가운데 젖어 있던 나비를 생각한다. 나비는 어디로 날아갔을까.

∞ 틱낫한

세 글자로 불리는 사람

이불 속

　　　　　　　방학을 맞아 타지에서 놀러
온 사촌 여동생이 가방에서 꺼낸 것은 바비인형과 미니
어처 소품들이었다. 팔다리가 세세하게 움직이는 금발
인형보다 내 눈에 든 것은 실제와 똑같이 제작된 소품들
이었다. 그중에 내가 한 번도 직접 본 적 없는 것이 있었
다. 언젠가 TV에서 본 상자, 그것이 열리고 판이 돌아가
자 두 사람이 손을 맞대고 바람처럼 흔들렸던 노래 상자.
당시엔 LP 턴테이블이라는 말을 들어본 적도 없었다. 그
건 삼촌 방에 있는 작은 성냥갑만 했는데 투명한 뚜껑을

열고 바늘을 판 위로 올릴 수 있게끔 정교하게 만들어진 것이었다. 뚜껑을 연 순간 그 작은 물건은 더 이상 장난 감이 아니었다. 음악이 뭔지도 모르던 날에 그건 내 앞에서 선악과처럼 반짝이고 있었다.

헤어질 시간이 다 되어 짐을 정리하는데 아까 갖고 놀던 턴테이블이 이불 구석에 박혀 있는 게 보였다. 동생은 그게 빠진 걸 모르는 듯했다. 저걸 안 챙겼다고 갖고 가라고 말해줘야 하는데 도무지 입이 열리지 않았다. 오히려 나는 이불을 방구석으로 밀면서 아무렇게나 구겼고 턴테이블은 그 속에 깊이 숨어 버렸다. 나는 동생이 장난 감을 챙기는 동안 밖에 나와 있었다. 어떤 나쁜 소원을 빌면서. 이모 가족이 떠난 뒤 번개같이 뛰어 들어와 밀어 놓은 이불을 천천히 들춰 보았다. 있다. 동굴 안에서 막 생겨나고 있는 어떤 대명사처럼. 열리지 않은 상자 하나 가 거기에 있었다.

이불 밖

부모님 몰래 음악을 공부하던 해에 우리 집에는 피아노도 어떤 음악책도 없었다. 당시 음대 입시 곡이었던 구노의 아리아, Ah! Je veux vevre (아! 꿈속에 살고 싶어라)와 모차르트의 리트, Das Veilchen (제비꽃), 단 두 곡의 악보를 낱장으로 갖고 있을 뿐이었다. 식구들이 잠들면 손전등을 들고 이불을 뒤집어쓴 채 프랑스어와 독일어 가사를 싱잉-톤 Singing tone∞으로 입에 붙이고 작은 소리로 노래를 불렀다. 반주도 없이 레코드도 없이 상상 속 반주에 맞추어 밤마다 펼쳐지는 비밀 리허설. 숨겨두었다가 혼자 있을 때 몰래 꺼내어 만져보기만 했던 그 장난감이 10여 년을 건너와 살아났다. 땀이 밴 손으로 턴테이블을 쥐었을 때 일렁이던 마음의 동요가 이불 속에서 재현되고 있었다. 그건 너무 두려운 행복이어서 일종의 형벌 같았다.

∞ Singing tone : 음정 없이 리듬에 맞추어 가사를 붙여 읽는 성악 연습법

Ein Veilchen auf der Wiese stand, gebück in sich und
unbekannt: es war ein herzigs Veilchen.
작은 제비꽃 한 송이 들에 숨어 피어있네: 귀여워라 그 제
비꽃

Da kam ein junge Schäferin mit leichtem Schritt und
munterm Sinn da her, da her, die Wiese her und sang.
양치는 고운 한 소녀가 가벼운 발걸음으로 다가와서 노래
를 부르네

Ach! denkt as Veilchen, wär ich nur die schönste Blume
der Natur, ach, nur ein Kleines Weilchen,
아! 잠시라도 내가 이 세상에 가장 예쁜 꽃이라면

bis mich das Liebchen abgepflückt und an dem Busen
mattgedrückt,
소녀는 나를 꺾어서 가슴에 달 것이다

ach nur, ach nur, ein Viertel stündchen lang.

오직, 오직 그 순간이라도

Ach, aber ach! das Mächen kam und nicht in acht das
Veilchen nahm, er trat das arme Veilchen.
아, 그러나 그 소녀는 제비꽃을 쳐다보지 않고 밟아 버렸네

Es sank und starb und freut' sich noch: und sterb ich
denn, so sterb ich doch durch sie,
가엾게 죽으며 기뻐하네. 나는 죽어도 그녀의 발아래에서
죽네

durch sie, zu ihren Füssen doch. Das arme Veilchen! es
war ein herzigs Veilchen.
그녀의 발아래 가여운 그 꽃, 사랑스러운 그 제비꽃

Das Veilchen - Mozart

음대 합격 소식을 들었을 때 나는 어린 시절 최초로
경험한 아찔함을 떠올렸다. 그 순간은 사고처럼 쿵 하고

소리를 내며 왔다. 내가 훔친 것은 무엇이었을까? 비록 조수미가 되지 못했고 작은 무대에 몇 차례 선 제비꽃에 불과했지만 '나는 죽으며 기뻐하네. 죽어도 그녀의 발아래에서 죽네' 하고 노래했다. 옷장에서 펼쳐진 나니아 연대기처럼, 음악이라는 세계는 꿈꾸는 것으로 그 임무를 완수한다. 한바탕 꿈, 그리고 비행. 그건 꿀벌이 꽃가루를 나르는 방식과 같다.

그 너머

　　　　　세 글자로 불리는 사람, 은 도둑을 칭할 때 로마인들이 에둘러 사용했던 표현이다. ∞ 〈세 글자로 불리는 사람〉에서 키냐르는 '독서는 소리 없는 절도'라고 천명하는데 그것은 끊임없이 더욱 혼자가 되려는 극단적 단일성, 침묵, 어둠, 은밀함에서 같은 입구를 갖고 있다. 여기 동굴에서 태어난 새끼 늑대의

∞ 세 글자로 불리는 사람, 파스칼 키냐르, 문학과지성사 2023

일화가 있다. 깊은 어둠 속에서 눈을 뜬 새끼 늑대는 이리저리 탐색하다 희뿌연 빛에 잠긴 하얀 네모 같은 것을 보게 된다. 그곳이 새로운 세계에 이르는 길인 것을 모른 채 빛의 사각형까지 다가간다. 두려움과 흥분으로 앞발을 내민다. 빛 너머에는 무엇이 있는가?

음대에서 만난 동아리 선배는 키가 193㎝인 독서광이었다. 그의 독서는 읽는다기보다 허기를 채우기 위해 장르를 가리지 않고 삼키는 행위에 가까웠다. 일주일에 한 번 있는 동아리 모임에서 만나면 그는 한 주간 읽은 책에 대해 말하느라 키만 큰 어린 동물처럼 눈을 반짝였다. 모든 슬픈 이야기와 유머도 결국은 모두 책으로 연결되었다. 한번은 집에 도둑이 들었는데 키 큰 삼 형제가 천정의 형광등을 빼서 두들겨 쫓아냈다고 얘기하다가 이반 일리히를 꺼내며 톨스토이 인생론으로 넘어갔다. 카뮈와 카프카, 프리메이슨을 처음 내 손에 쥐여 준 것도 그였다. 추천받은 책들을 억지로 읽느라 그 몇 년간 나의 독서량도 강제로 늘어났다. 어디에 숨어서 책을 들이키려는 건지 모임이 끝나고 나면 그는 긴 다리로 쏜살같이 사라졌다. 졸업 후 우연히 스친 적도 연락이 닿은 적도 없지만 도서관 서가를 서성이다 보면 충실한 도둑이었던 그가 떠오른다. 아마도 그때 나는 그가 통과한 작고 네모난 빛을 본 것 같다. 그리고 그를 따라 도둑이 되었다. 빛 너머, 그곳에서는 세 글자 fur(도둑)로 불리는 사람이 다른 세 글자 rex(왕)로 무한히 변모하고 있었다.

이제 공범들을 위해 기도 해야겠다.

Kyrie Eleison.

주님, 자비를 베푸소서.

사
랑

새벽 4시,

　　캄캄한 아파트 밖으로 불 켜
진 창 하나를 본다. 한 사람, 창가에 앉아 골똘하다. 저
창 안의 사람은 밤을 건넌 것일까, 어둠 속에 시작하는
것일까. 나는 어둠 속에 뭔가를 쓰고 있거나 우두커니
한 사람을 생각하고 있을 이를 생각했다. 감정을 검정으
로 오독하며 새벽에 홀로 깨어있던 사람, 그의 밤은 밤
이 아니고 낮은 낮이 아니었다. 사계절은 망친 밀가루
반죽처럼 하나로 뭉쳐서 굴러갔다. 연두가 돋는가 싶었
는데 잎이 다 떨어지고 없었다. 그는 새벽마다 일기장에
감정 대신 검정이라고 적었다. 검정, 검정, 검정... 검정

으로 꽉 찬 창에 어느 날은 꽃잎이 날렸다. 꽃잎인가 했더니 눈이었다. 희구나... 내가 혼자 중얼거린 말이 흰색으로 번졌다.

4시 5분,

　　　　창가의 사람은 두 손으로 얼굴을 감싸고 있다. 불을 켜고 있지만 가장 어두운 사람과 불을 켜지 않고도 환한 사람이 멀찍이서 같은 시간에 깨어있다. '앙상한 이여. 끝까지 어두워지기를. 아무것도 남기지 말아요. 눈은 완전한 절망 속에 피는 목화예요.'

4시 9분,

　　　　창밖을 보니 그 많던 꽃들이 다 지고 없다. 이 길을 가득 메우던 향기는 대기층 어디쯤을 공전하고 있을까. 그는 이제 창밖을 보고 있다. 나는 불을 켜지 않는다. '별은 하늘이 아니라 당신의 등에 있어요. 공전하는 것은 결국 돌아오니까요.' 무너지고 애태우고 다시 꽃망울을 맺는 일, 창백한 푸른 점 안에서 당신이 긴 어둠을 걷는 동안 나는 당신의 등에 백지를 펼친다.

뫼비우스의 띠

　　　　　당신과 나눈 마지막 포옹이 놓으려는 것이었는지 놓지 않으려는 것이었는지 뒤섞인 표정으로 남아 있습니다. 애절한 마음은 이루는 것이 아닐지도 모른다는 생각이 듭니다. 며칠 앓다 돌아보면 그 포옹은 처음 당신과 깊게 나누었던 포옹과 닮아 품에서 품으로, 끝에서 다시 처음으로 이어지는 것이었습니다. 나는 다시 서로 이어지려고만 하는 백지와 백지를 떼어 놓아 봅니다.

사유악부 산문선 01

Pastry
페이스트리

초판1쇄 발행 2024년 6월 30일
초판2쇄 발행 2024년 7월 31일

지은이 신영인
펴낸이 이지순

편집 성윤석   **디자인** 디자인무영
제작 뜻있는 도서출판
경남 창원시 성산구 중앙대로 228번길 6 센트럴빌딩 3층
전화 055-282-1457
팩스 055-283-1457
이메일 ez9305@hanmail.net

펴낸곳 사유악부
(사유악부는 뜻있는도서출판의 현대문학 임프린트입니다)

ISBN 979-11-985307-5-2 03810